真假爱情

凌鼎年 著

中国书籍出版社
China Book Press

图书在版编目（CIP）数据

真假爱情/凌鼎年著．— 北京：中国书籍出版社，2018.10
ISBN 978-7-5068-7016-0

Ⅰ.①真… Ⅱ.①凌… Ⅲ.①短篇小说—小说集—中国—当代 Ⅳ.①I247.7

中国版本图书馆CIP数据核字(2018)第222640号

真假爱情

凌鼎年　著

图书策划	牛　超　崔付建
责任编辑	尹　浩
责任印制	孙马飞　马　芝
出版发行	中国书籍出版社
地　　址	北京市丰台区三路居路97号（邮编：100073）
电　　话	（010）52257143（总编室）（010）52257140（发行部）
电子邮箱	eo@chinabp.com.cn
经　　销	全国新华书店
印　　刷	三河市华东印刷有限公司
开　　本	650毫米×940毫米　1/16
字　　数	248千字
印　　张	16.75
版　　次	2019年1月第1版　2019年1月第1次印刷
书　　号	ISBN 978-7-5068-7016-0
定　　价	48.00元

版权所有　翻印必究

目 录

幽灵电话 / 001

订报刊轶闻 / 012

书记吃素 / 018

家有古董 / 027

真假爱情 / 036

豪门发廊命案 / 063

匿名信 / 076

面对诱惑 / 095

错　位 / 113

快枪手贾作家 / 122

邂逅初恋情人 / 125

买蟹风波 / 129

不称职的门卫　／　135

失眠之夜　／　144

青橄榄　／　155

五分之一　／　170

风雨湖西寨　／　196

剪不断，理还乱　／　220

铁将军　／　243

闹新房　／　255

幽灵电话

素丽是极少有兴致去踏青春游的,那天,不知哪根神经起了作用,竟心血来潮想到了去长江边的穿山领略一下大自然的无限春色。

依稀还记得《话说长江》那电视纪录片的讲解员说:"穿山是长江入海口的最后一座山,一座文人墨客爱登临爱吟诵的名山。"这穿山似江水中冒出的一座小岛,山虽不高,形却颇奇特,那石山中间有一空洞,江风吹过,呜呜作响,风和日丽时,如轻快美妙的圆舞曲;暴雨大风时,则鬼哭狼嚎,阴森恐怖。加之长江之水日夜拍打穿山石壁,在这里听涛观景自有一种浪漫情怀。

素丽鬼使神差地来到了山顶的听涛阁,她要好好听一听江水对穿山的倾诉,她知道丈夫远帆最喜欢涛声,他作曲的《永远的涛声》,是他最得意的创作。

素丽听着听着，那江涛的拍打声渐渐过渡到了《永远的涛声》那旋律上，正奇怪时，远帆出现了，他正倚在栏杆上，入神地倾听着江涛的语言呢。

"远帆！"素丽忘情地大叫一声。

"素丽？素——丽——"远帆激动地高声喊了起来。两人同时向对方扑了过来。

久别重逢，意外相逢的这对小夫妻忘了世界的存在，忘了天地的存在，旁若无人地拥抱着、亲吻着……

正在这美妙无比的时候，突然，有一个可怕的声音在耳边骤响，像从很遥远很遥远的地方传来，愈来愈近，愈来愈响，催命似的，真扫兴，一千一万个扫兴。素丽极不情愿地松开了拥抱远帆的双手。

不对，好像是铃声，是电话铃声。那铃声很固执，一遍又一遍地响着，响得人心烦意躁。

终于，素丽被那不罢不休的电话铃声吵醒了。谁的电话，半夜三更打来，这么缺德！素丽刚刚被搅了一个好梦，一肚皮的不快，不情不愿地从热被窝里伸出了手去拿电话听筒——会不会是远帆从美国打来的，这几乎是一定的！子夜的美国不正是白天吗？正做梦梦着他，他就来电话了，这不是心灵感应又是什么？素丽陡然来了情绪，顷刻间睡意全消。要知道自远帆去年初去美国留学后，素丽已做了将近一年的留守女士，这独宿空房的寂寞与思念不是一般人所能理解与体会到的。如今信与电话就成了她与远帆最直接的维系。

素丽急急地抓起了电话，那激动心情不亚于刚才梦中与远帆在穿山相逢时，素丽闪过一个念头，一定要把刚才的梦原原本本告诉远帆，或许他也做过这样的梦，如果刚才他也是因为这样的梦才打电话来的，那这辈子不信心灵感应都不行了。

"喂，是远——"素丽刚想问是否远帆，哪想到电话里传来了哀乐曲。那追悼会上才播放的哀乐曲低沉、压抑、凄凉。素丽如触电般放下了话筒，那白色的话筒掉在了床上，话筒里依然传出哀乐曲，只是声音轻了点。或许因为是深更半夜，万籁俱寂，这话筒里的哀乐曲似乎比平时放大了十倍数十倍的音量，听得素丽毛骨悚然，手忙脚乱地挂了电话。

是打错？是有人恶作剧？或者是……素丽不敢想下去，又不能不想下去，这个该死的电话不但把那美妙无比的梦驱赶得无影无踪，还把睡意也吓跑了。素丽再也睡不着了，迷迷糊糊一直挨到天将亮未亮时，头，昏沉沉的，好难受。

"叮铃铃。"那电话又响起了。

接，还是不接？素丽的手伸过去，又缩回来，要是仍是那该死的电话，岂不再次吓一吓自己。不接，对，不接，坚决不接！不行，万一是远帆来的电话呢，那会让远帆多失望。兴许，他有什么好消息要告诉我，或者有什么重要事要我办，接吧接吧。万一还是那哀乐电话，最多拿起来就放下。

通常，那电话铃响了五六响没人接对方就挂了，但这电话似乎知道有人在却不肯接，不屈不挠地响个不停。素丽一遍遍地给自己壮胆鼓劲，不怕，不怕！她索性把房间里的灯都开了。最后下定决心，伸手拿起了那电话，这回竟没有声音，一点声音都没有。"喂，你是谁？是不是远帆？我是素丽，我是素丽呀！"还是没声音，会不会远帆在美国打电话，线路有问题，素丽不敢放下，她把听筒使劲往耳朵上贴了贴，尽量压紧一点，生怕远帆的声音小而听不清。

"你说话呀，我听着呢。"素丽放也不是不放也不是。正这时，那哀乐声又响起了，仿佛从遥远的天国不请自来。素丽惊得傻了一般，像摸彩摸着了毒蛇似的，惊叫一声放下了电话。

但愿是打错，但愿以后再也不会来这样的电话，她默默地祷告着。

素丽在想这事要不要写信告诉远帆？不，不告诉为好，何必让他担心，让他分心呢，还是让他早早学成回来吧。那么这事要不要告诉小姊妹们呢，也许她们见多识广，有办法对付这类意外事件。算了，可能说出来她们都未必相信呢，反倒成了她们茶余饭后的谈笑资料。不说就不说。谁叫我是留守女士呢，所有的一切都由我一个人承担吧。

谢天谢地，第二天，第三天，那神秘的幽灵似的电话没有重复出现。素丽一颗悬着的心总算稍稍放下了些。看来是偶然事件。过去吧，永远过去吧，权当做了回噩梦。

提心吊胆的素丽只要一个人在家就开音响，放《英雄交响曲》，放她喜欢的沪剧唱段，给空空的巢制造点人气，败一败那阴气。

真假爱情

三天来，素丽天天很晚很晚才睡下去，不是不想睡，是睡不着。她不知这是不是失眠。她曾试图早点睡，心想睡着了就什么也不知道了。可不知为什么，即便蒙着头睡，那闹钟"嘀嗒、嘀嗒"声竟一声比一声清晰，无孔不入地钻入被窝来，弄得素丽准备去配安眠药了。直到第四天晚上，因没有情况，素丽才略略有了点安全感。

素丽总算沉沉睡去，总算进入了梦乡，只是不再是与远帆相逢相偎那种甜蜜醉人的梦，而是噩梦连连。梦中老是有人追她，还敲着锣打着鼓地追她！号召大家一起来追她。素丽不知自己犯了什么法，只知没命逃亡，可两脚似灌了铅，就是挪不动步。她拼命举步，气喘吁吁，艰难地在那穷街陋巷里东躲西藏，引得一狗吠，百犬吠，躲哪儿似乎都不安全。有时刚躲到一地窖中，吆喝声、搜查声近了，吓得浑身筛糠似的抖。有时眼看要逃脱了，背后突然开枪了，扔手榴弹了。再有一次好不容易找到一间无人的柴房，可追赶之人放起了火，那火苗一蹿就蹿到了屋顶，烧得房梁噼里啪啦直爆响，只好抱头鼠窜。后来逃着逃着逃到了一悬崖峭壁处，下面是茫茫大海，海鸟发出一声声凄厉的鸣叫。眼看无路可走，唯有束手就擒，素丽咬咬牙，跳了下去。素丽只觉得一颗心一下晃在了喉咙口，身体在急速下坠，素丽跌入了海水中，水倒没呛着，只是那海水冰冷，透骨透心的寒。素丽一阵发颤，惊醒了过来，原来被子蹬掉了。

素丽再也睡不着了。她试着数123456789，可数到了万还是没用，瞌睡虫就是不肯来，素丽不敢睁开眼，闭着眼睛干熬。这一睡不着，难免要七想八想。

想想谈恋爱时真是开心，花前月下，卿卿我我。远帆常为自己唱抒情的小夜曲。可素丽总觉得这太小儿科了，常有意无意在远帆面前讲×××去美国留学了，×××在日本取得了博士学位，××在法国艺术沙龙获了奖，××在英国剑桥大学被聘为客座教授，×××应邀去了德国当访问学者……

终于有一天，远帆说他也要去洋插队了，当时素丽又惊又喜又忧，心里像打翻了五味瓶。素丽想起了中国古人的诗句"悔教夫婿觅封侯"，自己并不是成心给远帆压力，要叫他远渡重洋以求得出人头地，但客观上却是如木匠戴枷——自作自受，落了个"留守女士"的称谓。

嗨，早知今日，何必当初。

素丽拿起话筒，想给远帆打个电话，想告诉他：我不要你洋博士头衔，不要你美金、英镑，只要你永远在我身边，你回来吧，回来吧，赶快回来吧！

素丽的手刚伸向话筒，电话铃急促地响起，把素丽着实吓了一跳。镇静，镇静，再镇静，最坏的无非仍是哀乐，如果再是哀乐，那从今晚起把电话搁空了，看这幽灵电话还能打进来不？

又是哀乐！

素丽一听即放下。

电话铃复又响起。素丽不接。那铃声不休不饶，好像是在与素

真假爱情

丽比耐心，看谁先喊输。素丽实在被这电话吵得烦死了，她拿起电话又放下，放下后就把电话搁空了。

以后，素丽一到晚上就把电话搁空了，这样，对方就算有天大本事也打不进来了，真所谓道高一尺，魔高一丈。素丽总算可以睡安稳觉了。

在后来的日子里，常有朋友埋怨素丽家的电话打不进。素丽不敢说是搁空的，只说电话机子坏了。她不想解释，因为有些事是不宜解释的，越解释反而越麻烦。就说这幽灵电话吧，如果对朋友一说，别人肯定要追问：你近来是否得罪了什么人，说不定还要你回忆，要你排线索，还要被人指指戳戳，议论来议论去，弄得你比接到那电话还烦人。

这样太太平平过了一星期，素丽憔悴的脸色开始恢复了红润，邻居们又能听到她悠闲地弹奏古琴的声音了。素丽弹奏古琴虽说是业余的，可她在省里的江南丝竹大赛中获过一等奖。

当初远帆就是因了这琴声才动了爱慕之心的。

那是个雨天，素丽上班时接到了远帆的电话，远帆去美国快一年了，每次来电话都是往家里打的，这次怎么打到了单位，难道有什么要紧事？

听得出，远帆有些不快，他在电话那头怒冲冲地问："素丽，怎么回事，家里电话天天忙音，你在和谁打电话，每天有打不完的电话……"

显然，远帆误会她了。这是素丽事先没想到的。

"不是我打电话，是我搁空了。"素丽只好实话实说。

"搁空？为什么，你是不是不想让我打电话来。好，你不想听我声音，我可以不来电话。"

远帆越听越生气。

"远帆，你听我解释。是因为前几天老有人打幽灵电话来，每次半夜来电话放哀乐，我没有办法才出此下策的……"

"荒唐，太荒唐，会有这种事？你编故事也编圆点，编这种拙劣的故事你哄谁呀……"

素丽在电话里这一解释，办公室里几个自然都知道了。素丽电话一放，她们马上问长问短问个不停。

素丽无法再瞒，只能一五一十全盘托出。

"谁这样阴毒，这人将来生出儿子没屁眼。"肥肥刘快人快语。

肥肥刘的热心是出了名的。她分析，想得出这种馊主意的人，初步推理须具备以下三点：

1．与素丽有矛盾；

2．此人心胸狭小；

3．此人单身独住。

如果不是与素丽有情仇、财仇、仕仇，一般不会来这一手。要说财仇，素丽挡不住谁财路，这可排除。仕仇，更玄乎，素丽没当官也没听说要提拔，似乎不对当官的与将要当官的构成什么威胁。唯一可能的就是情仇。这人会是谁呢！肥肥刘排了一个又一个，可又一一否定了。谜，一个让人猜不透的谜。

真假爱情

素丽不敢再搁空电话了,她怕远帆再来电话,远帆会误会更深。

半夜,电话铃又响了。

拿起来,又是哀乐。

放下了,又响个不停。

拿起来,还是哀乐。

这叫素丽如何是好,搁空也不好,不搁空也不好。听也不好,不听也不好。素丽好难啊。

素丽只好给远帆挂了个电话,她在电话里再也控制不住自己感情,冲着话筒哭了起来。远帆说:"好,我回来住几天再说。"

飞机真快。远帆说回来就回来了。

常言道:小别胜新婚,两人自然有一番恩恩爱爱。正当两人在床上缠绵时,那该死的电话铃不早不晚响了起来,素丽本能地一惊,刚才的激情就此没了。被刹了兴头的远帆气呼呼拉起电话,可电话里什么声音也没有。远帆对着话筒"喂"了好一阵,可话筒里丁点声音也没有,好一会,那头把电话搁了。

这样的电话,在远帆的家里几乎每天都来一个,只要是远帆接,那头就没声音。几次下来,远帆起了疑心。他态度不太友好地问素丽:"到底是怎么回事,是不是你的情人来的电话,一听是我就不敢说话了。"

"没有,没有的事,你难道不相信你老婆了!"素丽的辩解在她自己听来都有些苍白无力。

"我只相信事实,这就是事实!"远帆指指电话。

"好，下次电话我接。"素丽说。

夜来11点钟时，电话又一次响起时，素丽去接电话，为了洗刷自己的清白，她特地按下了免提。哪知话筒一拎起，却传出了黄梅戏《夫妻双双把家还》的选段唱词。

远帆一听气不打一处来，差点没把电话摔了。"你还有什么好说的？"

素丽确确实实无法解释，委屈得哭了。

远帆说什么也不肯再住下去了，也不想听素丽解释。临走时只说了一句："我本来想把你弄出去，让你也到美国去。没想到你耐不住寂寞，先变了心。"

素丽本来精神一直够紧张的，被远帆这样误会、指责，远帆又这样不欢而去，这叫素丽多伤心啊。远帆走后，她整整哭了一天。

晚上，那幽灵似的电话又响起了，素丽不管三七二十一，拿起电话劈头盖脸一顿臭骂，骂完了才听肥肥刘在电话那头说："素丽，你怎么啦？"

素丽只在电话这头哭。

第二天，肥肥刘给素丽出了个主意。到电话局去开通恶意追踪业务。据肥肥刘告知，以后谁打来电话，对方电话机号码就录下来了，一查就知道是哪儿打来的。

快到精神崩溃边缘的素丽总算像溺水者抓到了一块木板。可奇怪的是，那打幽灵电话的人好似知道素丽已开通了恶意追踪业务。那半夜铃声销声匿迹了。

真假爱情

素丽可以睡安稳觉了,只是没逮住那幽灵电话,对她来说心里总存了一个疙瘩。

或许对方终于忍不住了,那半夜电话又响起了。

一查,是陌生号,是街头电话。

又一夜,那电话又来了,再一查,又是另一个陌生电话号,还是街头电话。

电话局说街头自动投币电话,没法查谁打的,除非报案,让公安机关查。可公安机关会来查这种不伤人不死人,不抢钱不烧房的案子吗?

素丽头又痛又胀,她一遍又一遍地问自己,到底谁会这样做呢?她想不出,实在想不出。但有一点可以肯定,这人一定就在身边,因为这幽灵对素丽家的情况太了解了。这幽灵想达到什么目的呢,想摧垮我素丽的精神——素丽决定勇敢面对,因为她知道自己已没退路了。

订报刊轶闻

一到九、十月份,一年一度的订报刊大战就开始硝烟弥漫了。

时下有一句顺口溜叫"组织部戴帽子,纪检委摘帽子,财政局给票子,宣传部订报纸"。这宣传部,一到九、十月份,面对上级一份又一份关于征订报刊的红头文件,头就痛了,头就胀了,可又推诿不得,儿戏不得,至少有两三个月得以订报刊为中心,唯此为大,唯此为重。

娄城宣传部的姚长英是上半年才被提拔为副部长的,在五位部长中属资历最浅的,或许是这个原因,或许是给他压担子,或许是试试他的才干,总之,部长把这项光荣而艰巨的任务交给了他。部长语重心长地对他说:"订报刊这任务是我们宣传部的常规业务,必办任务,完成得好不好,直接关系到上级对我们部的看法、评价。"部长最后很无奈地说，"工作过硬不过硬，就看报刊订数是降是升？"

姚长英以前在乡镇任党委副书记时，看到上面发下来的征订报刊文件时最烦了，有时签了个"阅"字，连看也懒得看，反正年年老一套，翻来翻去就这几句话，实在被上头催得急了、盯得紧了，就叫宣传委员订个一份两份应付一下。哪想到山不转水转，如今换了个位，轮到自己逼下边订报订刊了，想想有些滑稽。到了这时，他才深刻体会到"屁股指挥大脑"的深刻性。老百姓叫"到啥山砍啥柴"，官场里就是"坐什么位置说什么话"。

姚长英一看光《某某宣传》派下来的计划数就要500份，立时底气不足了。姚长英心里明白，这《某某宣传》每个乡镇订个一份两份，还是好商量的，但要订十份八份，那就难了。

再难也要完成任务，姚长英决定先去自己曾任过副书记的古庙镇，好赖闹个开门红。

镇里的一把手早调走了，这位侯书记说起来是认识的，只是没啥交情。他似乎早就知道姚长英是来征订报刊的。他先是客气了几句"姚部长大驾光临，来指导工作，不胜欢迎"等，继而话锋一转说："姚部长，照理我应该全程陪你，但不巧得很，村民们吵着来讨集资款，近一千万，唉，头毛都要被扯光了。失陪失陪，我要去摆平这事，假如摆不平这事，今天连饭也休想吃得成……"

古庙镇集资款的事姚长英心里有一本账，他知道这是火药桶，闹不好就会立时引爆。

侯书记走后，姚长英发了一阵呆。你想想，古庙镇集资款都还不出，你还好意思开口让他们订这报订那刊吗？你于心何忍。姚长英真想掉头就走，但他不能，部长的嘱托声声都在耳边，吃啥饭，当啥差，这任务完不成是过不了关的。

侯书记走时指派副书记接待姚长英。这位副书记是原来市委办公室的副主任，是人大刘主任的公子，有此背景，他说话挺牛气的。一个宣传部的副部长他并不放在眼里。他拍拍姚长英的肩说："你是古庙镇出去的，几斤几两家底你比我还清楚，哪有闲钱订报刊……"

这位刘副书记东扯葫芦西扯瓢地说个不停，夹杂着发一通牢骚，容不得姚长英插嘴。

看看时间差不多，刘副书记说："吃饭吧吃饭吧，边吃边谈。"

姚长英连忙说："吃饭就免了。镇里财政这么紧张，怎么好意思在这儿吃饭呢。还是把订报刊的事落实一下，我们就赶回去。"

刘副书记笑笑说："财政紧归紧，留你姚部长吃顿饭的钱总还是有的。你以前也当过副书记，还要我说吗？"

姚长英知道再推托就有些矫情了，只好说："那吃盒饭吧，省下几个钱，订几份报刊吧。"

"看你说到哪儿去了，吃饭是吃饭的开支，订报是订报的开支，两条线的。钱，该省的要省，该花的也要花，所谓好钢用在刀刃上嘛。"

刘副书记叫司机把小车开到了公路上的交通宾馆。姚长英不解地问:"怎么不在镇招待所吃饭。"

刘副书记递过一支中华烟说:"在那边吃饭,能太太平平喝酒?吵集资款的那些人不摔了你酒盅才怪呢。走吧,侯书记也在那儿。"

果然,侯书记已在"香格里拉厅"坐着了。

菜很快端上来了,八个冷盆,热菜有红烧鲴鱼、薰蛇段、片皮鸭、香菇鸭蹼、清蒸鳜鱼、澳洲龙虾、松子粟米羹、清炒猴头菇、鲍汁白灵菇……

侯书记是古庙镇的父母官,他对姚长英说:"今天情况有异,只能简单些,清淡些,请多多包涵。"

姚长英望着那色香味俱全的一桌菜,竟一点胃口也没有,他吃不下,实在吃不下。他想说:这顿饭不吃了,其他类似的这一顿那一顿酒宴省下几顿,订再多报刊的钱不全有了。但他知道,这话说不得,至少在这场合不宜说。他想起了来时司机对他说的:"现在的乡镇领导啊,你要他少订报多喝酒,他听得进,你要他多订报少喝酒哪里听得进……"

姚长英想到自己难以完成又非要完成的任务,只好硬着头皮端起酒杯说:"侯书记,我敬你一杯,要说的话都在这杯酒里,订报刊的事你就算帮我一个忙。"

侯书记举起酒杯说:"喝酒喝酒,酒席台上不谈公事。喝!"

不谈公事咋行,这订报刊的事不落实,就算茅台酒也喝不下呀。想想自己大小是个副部长,可为了订报刊的事竟只好低三下四地求他们，真有点窝火，可又不敢发火。

侯书记正喝在兴头上，他见姚长英那一脸愁容，喝酒的气氛全让他破坏了，就说："姚部长，喝酒就喝酒，你不要扫大家兴。这样吧，拿个大杯来，每喝一杯，我们古庙镇就订10份。"

"此话当真？"姚长英亢奋了起来。

"我堂堂一个党委书记，哪会说话不算话的。"

姚长英望着高脚酒杯里的五粮液，一仰脖子喝了个底朝天。

"好、好，姚长英姚长英就是要长饮。来，满上满上，再来一杯。"刘副书记劲头也来了。

"姚部长，你的胃。"司机拉拉他衣服。

司机的提醒，使姚长英端起了的第二杯酒停在了空中。姚长英酒量不行，近来常觉胃痛，几次在车上吃胃药，这司机一清二楚。他想起老婆跟他说过几次："这酒是公家的，身体可是自己的，宁伤身体不伤感情全是屁话，听不得……"

侯书记见姚长英迟疑了，很不高兴地对司机说："姚部长喝酒，你插什么嘴，没大没小。"

司机不敢再说什么，吃了块绿豆糕与一个小月饼后就退席了。

姚长英知道，自己今天不喝个几杯，那订报的任务休想完成，侯书记能开这个口子，也算是大面子，不抓住，过了这村就没那店。

在侯书记与刘副书记的起哄下，姚长英豁出命来喝了六杯，侯书记还说："六大杯就是六六大顺。"

顺不顺天知道，反正姚长英喝得两眼出水，脚底发飘了，胃里

真假爱情

倒海翻江般火烧火燎的……

司机第一次见姚长英喝成这模样,连忙把他扶到车子上。醉醺醺的姚长英痛苦着脸说:"完成了,总算完成任务了……"

司机气呼呼地说:"要他们花几百元钱订报刊,比挖他们肉还心痛,上千元一桌酒,他们签字手抖也不抖。"

"少说两句,回去,快送我回去。"姚长英自感有些支持不下去了。

车开到半路上,姚长英实在忍不住了,车刚停下,他一拉门就吐了,直吐到仿佛胃都吐出来了才稍微舒服了些。

司机要把姚长英直接送到医院,姚长英死活不肯。

司机终于明白,如果这样子把姚长英送医院,这形象多恶劣,不了解内情的人还以为他是好酒之徒呢。

姚长英靠在座背上昏昏沉沉,似睡非睡的样子,司机只听到他在说梦话似的嘟哝着:"该死的订报刊!该死的酒!……"

书记吃素

国庆长假一过，娄城调来了新的市委书记谈如泉。

谈如泉到任后，很低调，没有下车伊始就哇啦哇啦，也没有豪言壮语。谈书记的引而不发，使得娄城的那些头头脑脑一个个都静观不动。因为那些老于官场的都知道，不怕你左，不怕你右，就怕你不表态。对于谈如泉，几乎没有谁对他知根知底，只知道他是外地调来的。

还是宣传部长金辅之争取了主动，他以汇报举办"螃蟹节"的名义，请谈书记去了娄城唯一的五星级饭店金娄城酒店。

金辅之充分发挥了宣传部长能说会道的特长。他很激昂地说："地处苏北的盱眙的小龙虾，能做出如此红红火火的场面，难道我们娄城的螃蟹反倒不行吗？"……说了一大通激动人心的话后，金

真假爱情

辅之话锋一转说,"娄城的螃蟹是不是天下至鲜至味,今天就请谈书记亲自打分,也好让我们心里有个底。"

金辅之见谈书记静静地听着,并不说啥,估计自己这着棋走对了,他不想错过这个机会,他不无自豪地对谈书记卖弄起来:"这吃螃蟹的历史,至少可以追溯到周朝,古人曰:不到庐山辜负目,不食螃蟹辜负腹。持蟹品酒,历来是人生快事啊。"

谈如泉用一种很欣赏的口吻对金辅之说:"嗯,你这宣传部长,肚子里有墨水,好!"受到谈书记表扬后的金辅之更得劲了,他很兴奋地说大诗人李白也对吃螃蟹情有独钟,曾在尝蟹后即兴写下过一首五言诗:"蟹螯即金液,糟丘是蓬莱。且须饮美酒,乘月醉高台。"

这时,开始上菜了。

金辅之得意地对谈如泉说:"谈书记,江南一带,论吃,春食河豚,秋尝螃蟹,这都是美味中的美味,说是天下第一口福也不为过。通常,吃河豚就吃不到螃蟹,吃螃蟹就吃不到河豚,因为时令不对。但娄城美食之妙就妙在螃蟹上市时,照样也能吃到河豚。可见娄城是块风水宝地。"

谈如泉淡淡一笑说:"我听说过拼死吃河豚,我免了免了。"

要说这河豚,其味之美更在螃蟹之上,古人认为其味如烤乳猪,所以俗称河豚。金辅之一听谈书记如此说,知道他对河豚的了解很皮毛,趁机显示自己满腹诗书,他说道:"苏东坡当年诗云'甘美远胜西子乳,吴王当年未曾知',所以河豚又叫'西施乳',难怪娄城土话谓之:吃了打耳光不放。"

一桌人都开心地笑了起来。

有位局长趁机凑趣说:"好好好,待会儿让谈书记尝一尝、品一品西施乳,看看味道是不是好极了。"

热菜上来后,一直在观察谈书记的金辅之发现谈书记很少动筷,只偶尔夹几筷素菜。那些鸡鸭鱼肉他几乎碰都不碰。金辅之猜测谈书记对这些常见荤菜肯定不感兴趣,他借口方便,出包厢关照领班,赶快把螃蟹端上来。

不一会,螃蟹上桌了,大盆子里雌雄成双地排列着,壳红锃亮,只只半斤以上,看着就让人垂涎欲滴。

金辅之把最上面最弹眼落睛的一对螃蟹放到了谈如泉的面前。

要是平时,这些"长"字头,待螃蟹一上手,就可能顾不得斯文了,但今天谈书记在场,谈书记不动手,其他人都不好意思露出老饕相,一个个都按兵不动。

谈书记大概也看出了其中的名堂,只好说:"你们尽管吃,甭管我。我是素食主义者,已多年不碰荤腥,抱歉抱歉,扫大家兴了。"

金辅之大吃一惊,那脸上的尴尬,画家难画、作家难形容。好在金辅之反应快,他立刻把领班叫来,关照她河豚不用上了,其他荤菜也都撤掉,账照算好了。

他一个电话打到海宁禅寺,让延藏法师速速准备一桌素斋,他派车子来取,越快越好。

金辅之要弥补自己的判断失误。

回到包厢,金辅之满脸堆笑说:"吃素好,吃素者寿,古时那些圣贤之人,得道高人,不少都是素食者,我辈是凡夫俗子,所以我是基本吃荤,还不能完全免俗。"

在座的几位马上附和说起了吃素的种种好处,都诉苦说吃荤吃酒吃怕了,如果真能长年吃素,那真是神仙过的日子。

这话题一开头,谈如泉算是真正打开了话匣子。他说:"吃素就是断荤腥。我还不算是真正的吃素之人,如果彻底吃素,荤腥皆不碰。"

说到这儿谈如泉饶有兴致地问:"在座的可知道什么叫荤腥吗?"

这岂不太少儿科了。金辅之刚想说:荤腥嘛无非是鸡鸭鱼肉,但话到嘴边他又咽下了,他想既然谈书记如此问,肯定不会如此简单,就很虔诚地说道:"谈书记,你就给我们上上课吧,省得我们都从头到脚俗到了家。"

这话谈如泉自然听得舒服,他像老师似的说:"其实,荤是荤,腥是腥,荤是草字头的,系指小五荤,即葱、蒜、姜、洋葱、兴渠等,佛教徒则把韭菜、香椿等辛辣之菜也划为荤。腥,则是动物肉类。如果再分得细些,腥仅仅指鱼虾类。荤臊、腥膻才指牛羊肉乃至野味肉类。"

金辅之很感慨地说:"以前听古人说听君一席话,胜读十年书,以为是文人的夸张,今天听了谈书记关于吃素的一番话,真正是胜读十年书啊!"一桌人都点着头、附和着。

幸好海宁禅寺离金娄城酒店不算远,金辅之关照两部小车轮流送菜，出锅一只，急送一只。

第一只送来的素菜是豆腐，金辅之立时眉头皱了上来，这延藏怎能如此不懂事，我不是关照他是招待新来的谈书记，他怎可如此怠慢，万一谈书记认为我有意让他吃豆腐，岂不玩完，但菜已上桌，解释弄巧成拙，只好不响。

但没想到谈书记十分快慰，他指着金辅之说："你有高人指点，要不，你哪会先上豆腐。"

金辅之额头上的汗都渗出了，不知该怎么回答才好。

谈书记笑笑说："民间偏方谓'乍到异地，先食豆腐'，为何呢？据说可防水土不服，意在最快地融入此乡此土。"

金辅之松了一口气。他想找个关于豆腐的话题说一说，但搜肠刮肚，只依稀记得豆腐为汉时淮南王刘安所发明，其他的典故一时还真想不起来。他很懊恼自己信息不灵，要是早上知道谈书记吃素，预先翻一翻资料，准备准备，嗨，只能亡羊补牢了。

谈如泉尝了豆腐后，极力夸奖此菜烧得地道，他很有信心地说："如果我没有猜错，这豆腐绝不是金娄城这五星级酒店能烧得出来的，应该是寺院的菜肴。"

这下真把金辅之惊呆了，难道说谈书记能掐会算。

其实，谈如泉吃了几年素后，其肠胃对荤素已很敏感，寺庙的纯素与大饭店的所谓素菜味道是不一样的，只是一般人不注意，分辨不出而已，而且他叫得出此乃佛门的"闵公豆腐"。

谈如泉品尝过红烧豆腐后，随口吟道："莫将菽乳等闲尝，一片冰心六月凉。不曰坚乎惟曰白,胜他什锦佐羹汤。"谈如泉问有谁知道这诗是谁写的吗?反应最快的是金辅之,他说是苏东坡吧?他想苏东坡是美食家,写过不少有关美食的诗,结果没猜对。其他人哪敢瞎猜,都说不要出我们洋相吧。

谈如泉说这是清代的林兰痴写的,这是一个名不见经传的诗人,如何猜得着。

此后,陆续上了素鸡、素鱼、素鸭等。留给谈如泉印象较深的有"法现金身""罗汉总汇""慈悲心肠""翠竹八珍""彩色大千""大鹏听经""玉井藏珍""慈船普度"等。

谈如泉吃得津津有味,散席时他说:"有机会我见见这寺庙主持,这寺庙香火一定很旺,因为这菜有徽系、有粤系、有川系,有如此海纳百川之胸襟,肯定是接纳八方之善男信女,肯定是历史悠久,不同凡响。"

大约一个月后,娄城第一家素菜馆金娄城素菜馆开张,大堂里挂的一幅"食肉者鄙"条幅,竟是谈如泉的墨宝。据知情人说,老板是金辅之的小舅子。这素菜馆开张后,生意之好,让其他饭店眼红得出血,开始都弄不懂一爿素菜馆怎么会有如此吸引力,没有不透风的墙,个中背景一透露,那些饭店老板恍然大悟,脑子活络的马上转向,改为素菜馆。仅半年时间,整个娄城竟先后冒出了七八家素菜馆。

金辅之自从知道谈如泉有吃素这习惯后,在素斋上很是下了些功夫,他查阅了不少古菜谱,抄录后叫金娄城素菜馆的大厨试烧。

他常常以此为借口请谈如泉吃饭，比如他一个电话打给谈如泉，告知新开发了"素醍醐"，说是元代时的名菜；过几天又说，请书记去品尝正宗的纯菜羹，说是明代文学家李流芳欣赏的一道名菜，他还特地抄录了李流芳的诗："琉璃碗成碧玉光，五味纷错生馨香。出盘四座已叹息，举箸不敢争先尝。"

虽然，其他部委办局也时有请谈书记去吃饭去吃素斋的，但谈如泉总觉得他们俗，不如金辅之品位高，也就对金辅之刮目相看。

金辅之对谈如泉自认为越来越了解了。他专门请当地最有名的书法家闵雪村写了一副隶书字幅送给谈如泉。谈如泉展开一看，乃"疏笋自饶风味，佐颐养以清供"。谈如泉很是喜欢，对金辅之说："还是你了解我呀。"

谈如泉到娄城任职前，娄城最热闹的是两个季节：清明节前，外地牌照的小车一辆接一辆，都是慕名来吃河豚的；到了十月份、十一月份，又是一个高潮，那些省里的、兄弟县市的，以及一条线上的头儿脑儿都会借着名目前往娄城，"九雌十雄"，尝大闸蟹美味嘛。这成了娄城财政上，以及各部委办局经费开支上一笔不小的负担。历任书记都对此感到棘手，但都没能刹住，甚至逐年来还有增无减。

谈书记来娄城后，一个"素"字了得，吓退了不少吃客，虽然素食价钱不菲，可感兴趣的人就是不多。

后来，省里有位领导在娄城的一次会议上说了这样耐人寻味的一段话："欧洲人为什么冲劲足，耐力好，因为他们高脂肪、高蛋白吃得比我们多；和尚为什么能四大皆空，六欲全无，盖因长年吃素食也。吃素者，修身养性自然是一种境界，但要开拓，要敢闯，恐怕需要点虎劲，需要点牛气……"

金辅之据此得出结论：谈如泉在娄城时间不会太长了。

他已不再请谈如泉去金娄城素菜馆吃饭，他关照小舅子把几大包猴头菌、牛肝菌、黑木耳等送去，有时还成箱成箱地送新鲜的口蘑，这些都是谈如泉最喜欢的。

谈如泉知道自己要调走时，向组织上极力推荐了金辅之。

金辅之被任命为娄城市的副书记。

谈如泉离开娄城时，不说灰溜溜，至少很低调，只金辅之不多的几个人为他送行。

大家说些惜别的话，气氛似乎有些伤感。谈如泉反倒很大度，他指着金辅之说："我还会来娄城，我还想品尝金娄城素菜馆的素菜呢。"

"随时欢迎，保证谈书记满意！"金辅之说得很真诚。

时间过得很快，一晃谈如泉离开娄城半年了。有次他去上海出差，回省城时，他突然想起了金辅之，想起了金娄城素菜馆，他对司机说："走，去娄城！"

他没有给金辅之打电话，怕他太当回事不好。谈如泉熟门熟路，指挥着司机哪儿进，哪儿拐弯，可一进娄城，谈如泉发现原来的那些素菜馆全没了招牌，比如有一家改成了"王记肉骨头店"；

另一家改成了"洪泽湖龙虾餐馆";还有一家改成了"阿胡子羊肉面馆"……

谈如泉心里一沉,但想想自己离开娄城已半年多了,管天管地还能管得到这些生意人、小老板吗?也就释然了。

不一会,金娄城素菜馆到了,好家伙,重新装潢过了,改成了"金三角大酒店",门口晃着的红布宣传标语,老大老大的字写着"狗肉宴特价优惠期",门口另有一块大的招牌,上面写着"野生鱼,新鲜上市,请君品尝,价格从优"。

谈如泉没想到金娄城会变得如此快,他气呼呼地拿出手机,拨了金辅之的电话,但拨到一半他又放下了电话,冲着司机说:"走,回省城!"

一路上,谈如泉一言不发,那脸色很是难看。

真假爱情

家有古董

春节还有半个月的时候，娄城来了收古董的贩子。此人六十开外了，秃顶，憨厚中透着狡黠。他自称姓刘，说退休前是中学教师，叫他刘老师即可。但似乎没有人愿叫他刘老师，客气点的叫他刘古董，随便点的叫他刘贩子，刻薄点的叫他刘秃子。他倒也不计较，依然开口一脸笑。

姓刘的到娄城后，只往武陵街、石皮弄、剪刀弄、铁锚弄、南园弄等八条老街老弄堂转，只要是老房子，越是破旧的越往里去，去了后，就与那些老头老太拉呱说古闲磕牙。

或许以前他确是做过老师的，蛮会说的，一点不比镇里的那些书记镇长次。至少他不打官腔，透着股实话实说的味道。这位古董贩子说来说去无非是劝说那些老头老太旮旮晃晃翻翻看，找找看，说不定有啥祖上留下来的放着搁着没用没啥的破烂玩意儿，兴许值几个钱呢。有些旧画旧书旧碗旧罐，放着也是放着，再放个十年八年仍是放着，倒不如找出来让他过过眼，估估价，换个三百五百的也胜过扔在床底橱顶的，如果真有好东西，换个电视机或电冰箱之类的，岂不变废为宝，发挥点作用……

老头老太们见这位姓刘的说的还实在，不免有人心动。最先是毛家老太翻抽斗找到了一方印章，刘贩子一见那印石中的血块似的颜色，心中一阵惊喜，但他不露声色地取过一看，乃"宪清藏书"四个字。他激动得几乎失态，且不说这块质量上乘的鸡血石已很值钱了，更主要的这"宪清"乃明代弘治年间的状元毛澄的字，如此说来，这印章至少有五百多年历史。刘贩子对毛老太说："这印章原来值不了几个钱，但这是我来娄城的第一笔生意，求个吉兆，给你360元钱吧，权当你帮我宣传宣传的辛苦费。"

毛老太凭一方扔在家中没有用的破旧印章，换了360元钱，自然满心欢喜，甚至觉得欠了刘贩子的情，毛老太也就当起了刘贩子的义务宣传员。

口碑的广告效应实在是最廉价最实效的，在毛老太不厌其烦地逢人诉说下，好些老头老太都回家翻箱倒柜去找了，结果，张家老太拿来了一把折扇；李家老头找到了一轴山水；唐家阿婆寻到了一袋清代的钱币……

刘贩子一一鉴定后或三百或五百，几乎不让拿东西来的白跑、失望。

真假爱情

刘贩子这样住了几日后，似乎感到收获还不大，他开始有目的地串门，因为通过这几天与这些老头老太闲聊瞎吹，他已基本摸清了王家、陆家、钱家、俞家等几家娄城大户人家的底了。

他先是去了武陵街的陆家，陆家好婆一个人住，那老房子少说有两百年了，那屋子里实在看不出有一样值钱的东西。刘贩子一边与陆家好婆说毛老太的事，一边用眼睛扫着这屋内的摆设，或许贼有贼眼，伯乐有伯乐的慧眼，这刘贩子这么一扫一瞄，竟然被他发现了垫在老式梳妆台下的那块砖与众不同，他说服陆家好婆把那块长条形的老砖取了出来，待他掸去灰尘，仔细一看，几乎失声叫起来，真可谓踏破铁鞋无觅处，得来全不费功夫——原来这就是史书有载的汉砖砚呀——刘贩子在来古庙镇前，已认认真真研究过娄城的历史，对娄城历史名人也一一排了队，能收集的史料他都收集了。其中对汉砖砚的传说他是大感兴趣，可说是烂熟于胸——据地方志记载，清道光三十年，娄城出了位状元陆增祥，曾为翰林院编修等，在任顺天主考时，因不肯为显贵权要的子女录取开绿灯，得罪了朝中的好些权贵，后处处受到排挤，有感于官场太黑暗，他索性辞官归故里。陆增祥回娄城的渡船过黄河时，盗贼见船吃水甚深，心想必是在任时搜刮的金银财宝，三年清知府，十万雪花银嘛，贪官之赃银，劫之也可算盗之有道吧。发财了，这下发大财了，盗贼们掩饰不住满心欢喜，一哄上船，准备争抢金银财宝，谁知开箱一看，竟然是数十箱砖头，盗贼们大呼霉气、晦气，一哄而散。

这些在盗贼眼里分文不值的陈年烂砖，在陆增祥眼中却视为稀世之宝。原来这些砖都是当年曹操筑铜雀台时的旧物。陆增祥一生爱好金石文字，对这些铜雀台的孑遗自然宝之爱之。他回娄城后，精选出三百块品相尚好的古砖，琢为古砖砚，还逐一编号，并撰写了《三百砖录》，他的书房，也更名为"三百砚斋"。遗憾的是1937年日本飞机轰炸娄城时，有一枚炸弹正好落在陆家老宅，那些古砖砚不知是毁于炸弹了，还是就此散失了，反正再没人提起。不过刘贩子相信这古砖砚多少还存世几块，只是流落在不知谁家子孙手里罢了——皇天不负有心人，果然让自己撞见了。他不知陆家好婆是否知道这块古砖砚的价值，在考虑着如何开口把这古砖砚弄到手。

陆家好婆见刘贩子端详了一番古砖砚不再多响，以为他不识货。就介绍说："别小瞧了这块其貌不扬的砖头，少说也有一千六七百年历史，就算祖上传下来，也有一百多年历史了，好东西啊，可惜识货人太少了……"

刘贩子没想到陆家好婆貌似老糊涂，其实心里一本账清清爽爽，陆家好婆这样一说，刘贩子意识到再装傻，效果可能会适得其反了，连忙说："我寻觅陆状元的汉砖砚已很久了，今天能见到实物，一饱眼福，已不虚此行了。陆家好婆，你开个价。可能我手头钱不凑数，我下次攒足了钱再来，我是真欢喜，只求你千万千万别卖给别人，闹不好亵渎了这高雅之物。"

刘贩子的这一席话看似不经意的流露，其实深思熟虑，这番话句句打动陆家好婆的心。陆家好婆说："常言道骏马配良将，宝剑赠侠士，砖砚有幸，得遇知音，一个卖字，显得俗了，你拿去吧。唯一的要求是好好保存之，若日后撰文记之，莫忘了它的主人状元公。"

刘贩子喜出望外，在一迭声的言谢声中，他摸出五百元钱无论如何要留给陆家好婆。他说："君子不夺人所爱，好婆相赠，受之有愧，区区五百元，不足表万分之一的谢意，若好婆不收这五百元，在下就不敢拿走这古砖砚了。"

就这样，一方古砖砚不费吹灰之力，轻而易举到了刘贩子手中。刘贩子情不自禁哼起了京剧来。他觉得不打无准备之仗实在太对了。

刘贩子根据自己对娄城历史的研究、资料的掌握，他信心十足地开始在娄城寻访起王家后人来了。

刘贩子如今是半个娄城通了，说句毫不夸张的话，即使娄城的市长、书记，或者宣传部长、文化局长也绝不会比刘贩子对娄城的历史更了解。

刘贩子了解实了，娄城第一大姓乃王姓，一为山西太原王，一为山东琅琊王，一位河南黎阳王，三家同姓不同宗，但都是娄城的名门望族。太原王那一族，明清两代出过两位宰相，世称"两世鼎甲，四代一品"，其他如画家、书法家、古琴家都代有传人，可说书香不绝；黎阳王一族，明代天启年间出过兵部尚书王在晋，在娄城建造过有名的蕃园；那琅琊王一族，明代时出过文坛"后七子"

领袖王世贞，以后历朝有人为官，历朝有人为文。如今，王家虽说衰败了，但烂船还有三千钉嘛，王家后裔手里有几件祖上传下来的文物古玩，应该是平常而又平常的事。难的是如何让他们把家传的宝贝心甘情愿拿出来换钱，换彩电，换冰箱。

经好事者的义务宣传，陆家老太一块砖头刘贩子一甩手就给了五百元已传得娄城老小皆知。好些人悄悄地在家翻箱倒柜，寄希望找到扔在壁角落里猫食盆狗食盆，说不定是真家伙，能换个三千五千的。

刘贩子像个私人侦探似的，七拐弯八拐弯地打听，终于被他打听清了阿胡子王是王世贞嫡系子孙，阿胡子王的父亲早年喜收藏，后来跑到台湾再没回来，这阿胡子王后来生活艰难起来，家中能变换的陆续变卖了。人生在世，到底饱肚御寒要比收藏来得重要。阿胡子王对生不带来，死不带去的身外之物已愈看愈淡了。

刘贩子去他家时，阿胡子王刚好去上海朋友处了，他老伴听说是收古董的，她想陆状元家一块砖换五百元，咱王家一本书说不定能换一千呢。她翻呀翻的，翻到一本《历代印鉴图谱》，全是盖的图章，那图章上的字全古里古怪，字认得她，她认不得字，也吃不准值不值钱。

刘贩子稍稍翻了翻，眼睛顿时直了，心里暗暗在说："无价之宝，无价之宝啊！"

原来这是本皇室藏印图谱，以汉印为主，也有部分南北朝与隋唐时的印鉴。宋以后就断了，照此推算，这印谱是宋代的，最晚不会晚于明代。刘贩子估计这是一位在皇室掌管印玺的大臣或太监，利用职权偷盖的，可能是心虚，偷盖者既不敢留下姓名也未能留下时间，至于《历代印鉴图谱》是否为后人收藏时补的？此图谱如何到阿胡子王手里，可能另有故事，须慢慢考证。眼下要紧的是这本东西如何给它开价。开高了，引起轰动，未必是好事，开低了，物无所值，近乎巧取豪夺，万一打起官司来也不好办。想来想去，刘贩子想还是让王家婆开价吧，开高了，可杀价，开低了，是她愿意，怨不得别人。

王家婆实在也掂不出这本旧书的分量，心想索性来个狮子大开口，所谓头戴三尺帽，任你砍一刀，她壮壮胆，喊出了："一万！"

刘贩子心顿时一松，说实在的，王家婆就是喊十万，他也不好意思还价的。

刘贩子故意大吃一惊说："一万？你当这是唐僧西天取来的经书啊。"

说得王家婆脸也红了。

刘贩子看看火候已到，像下了大决心似的说："好，一万就一万，我也不还你价了，谁叫我喜欢篆刻呢。哎，一手交钱，一手交货，我与你银货两讫，两不相欠。"

刘贩子愈想愈开心，真正有捡了金娃娃的感觉，刘贩子前脚走，阿胡子王后脚回来了。老伴像立了大功似的告诉他，家中一本破印谱被她换了一万元。

阿胡子王一听就跳了起来，一跺脚说："你呀你呀，因小失大。

那是咱祖宗传下的传家宝，给我一辆桑塔纳我也不肯换的呀。"

老伴一听也发了急，自知祸闯大了。

找，立即找这刘贩子去。

好在娄城不大，刘贩子刚收拾好行李想滑脚时，被阿胡子王堵住了。刘贩子一看王家婆与阿胡子王的脸色，就明白了。他抹抹头上渗出的汗说："我可没强卖强买，说到天边我也理不亏。"

阿胡子王说："啥话别说了，我出一万二再把它买回来，这总可以吧？"

刘贩子知道今天不吐出这印谱是脱不了身的，最后极不情愿地把印谱还给了阿胡子王。刘贩子心想买卖不成，博个名声也好，就只肯收一万元，谁知阿胡子王执意要给一万二，他扔下钱，拿起印谱，说声谢谢，转身就走。

阿胡子王一万二赎回印谱的事，被市报记者知道后，写了篇报道。市博物馆龚馆长读了报道后来找阿胡子王，动员他捐给博物馆，阿胡子王一口拒绝，说祖传之物，轻易捐赠，对不起祖宗。龚馆长虽无可奈何，但撂下一句话也有几分骨头，他说："这印谱你若出手，千万事先打个招呼，我们市博物馆参与竞买。若流失到市外，我这个馆长，对不起全市人民。"

阿胡子王没有接嘴。

一年后，一本由古籍出版社出版的《历代印鉴图谱》正式出版了，阿胡子王写了一篇长跋，记录了这本印谱的来龙去脉。这次他本来是自费印刷，但出版社编辑一眼就看出了这本印谱的价值，说即使赔本也要出。

　　阿胡子王自己掏兜买了几十本,分别赠送给了市博物馆、市图书馆,还不忘给刘贩子也寄了一本。

真假爱情

阿棉出落得亭亭玉立，那高挑的身材让人看一眼就难忘，且善歌善舞，堪称小城一枝花。

古人云"窈窕淑女，君子好逑"，姑娘一漂亮，小伙子见了，眼睛就发直发亮发红。加之阿棉常在团委、文化馆、文化局组织的活动中或舞一回，或歌一曲，其倩影在小城可说是哪个不晓，谁人不知。名气是个宝，名气也是个累。阿棉有了点知名度后，追她的小伙子不是一个两个，有人猜测在三位数。这可能有水分，不过给阿棉写过情书，表示过心迹的，没有两位数，也有十个八个的。

奇怪的是，看不出阿棉对哪个小伙子有特别的表示。据说，所有向阿棉进攻的小伙子，那凌厉的攻势都像撞在棉花上，被软软地弹回来，虽不伤一根毫发，却无门可入。

有人说：阿棉的眼界高着呢。

有人说：娄城太小，恐怕留不住阿棉。

有人说：这阿棉，漂亮是漂亮，说不定是两性人，要不然，咋不怀春？

大概人漂亮了，名花又无主，难免会惹些风言风语的。阿棉笑笑，也不解释。

阿棉运道不错，省里文化厅要组织一台民间歌舞表演，赴法国参加国际民间歌舞艺术节，她唱也行，舞也行，成了当然人选。

阿棉从小在小县城里长大，出国对她来说，原本是个遥远的梦，如今突然变成现实，她好激动，她做了一套又一套衣服，精心准备着。

有人说：阿棉不会回来了。

有人说：阿棉这女人精怪，她不谈朋友不嫁人，原来等着这一天呢。

阿棉依然笑笑，依然不解释。

阿棉以前只有过法国的巴黎香水，现在却真真切切地站在了埃菲尔铁塔下，变化之大，疑是梦中。

阿棉觉得法国太美了，塞纳河、卢浮宫、凯旋门、圣母大教堂无不给她留下深刻印象。

除了这些，阿棉还注意到一双眼睛，一双时时注意她的蓝眼睛，凭女性的直觉，她认定这是一双多情的眼睛。都说法兰西是个浪漫的国度，阿棉似乎有点感觉到了。

阿棉从翻译的嘴里知道，这位法国小伙子叫梅森克，是这次保护她们安全的保安人员。

梅森克是位敬业的保安人员，轮到他值勤，他几乎寸步不离。阿棉的表演他场场不落，那掌声拍得又响又脆，演出一结束，他就变戏法似的变出一束鲜花，每次都亲手交给阿棉。梅森克不懂汉语，他就打哑语似的连连比画着，常常脸涨得通红。阿棉从他比画的手势中知道梅森克在夸她唱得好，跳得棒。阿棉心里甜滋滋的。

那天阿棉她们演出结束回宾馆时，梅森克塞给了阿棉一个包装得极为精美的小盒子，阿棉想推掉，梅森克红着脸转身走了。

同团的已瞧出梅森克看阿棉时的眼神不对，有时就拿阿棉开些无伤大雅的玩笑。这回梅森克来送礼，这可是个有嚼头的话题。

"阿棉，十有八九是戒指。你等着做巴黎媳妇吧。"

大家逼着阿棉快把盒子打开。

阿棉说要还掉，不能随便收外国人的礼品。

翻译说："不收就小瞧人家了，中国人不有'礼尚往来'的说法嘛，你也回敬他一样小礼品，这又得体又不失礼。"

阿棉打开盒子一看，是一小瓶梦巴黎香水。

回敬他什么礼品呢？阿棉想了又想。正好阿棉还有个无锡泥娃娃在箱子里，就把这泥娃娃赠送给了梅森克。

梅森克一见这礼品，高兴地捧着泥娃娃又亲又吻。他冲着阿棉叽里呱啦说了一大通，可惜阿棉一句也没听懂。随团的翻译法语水平不咋样，他说大概意思是梅森克说阿棉的这泥娃娃礼品是世界上

真假爱情

最珍贵的礼品。

梅森克再也忍不住感情的冲动,他通过翻译对阿棉说:"我爱你!我爱你!!我爱你!!!"

阿棉还是笑笑,还是不解释,她知道这种事解释不清,解释了也没人信。

阿棉从法国回来不到半年的时候,收到梅森克的信,说他近期来沪,非常非常想见她一面。

梅森克的信再次扰乱了阿棉的生活,阿棉独自想着,去还是不去,见面还是不见面?她一时拿不定主意。

大约十天以后,阿棉接到一个陌生的电话,说梅森克下榻于上海华侨饭店608房间,请阿棉无论如何去一次,不见不散。

阿棉考虑下来,如果不去,似乎有些失礼。但她又不想让同事朋友知道,就悄悄地一个人去了。

阿棉出现在梅森克眼前时,梅森克激动得跳了起来,他冲过来紧紧地抱住了阿棉,并吻了吻阿棉。

梅森克见阿棉没有拒绝他的拥抱与吻,胆气一下子壮了,他从包里取出一只精致的首饰盒,亮出一只熠熠闪光的钻戒,要为阿棉戴上。

平心而论,阿棉对梅森克确有几分好感,只是还不是那种有电的感觉的男女情爱,这可能与东西方文化的差异大有关系。阿棉自然明白梅森克送戒指的意思。她不能要,轻轻地放在了桌子上。梅森克一脸疑惑,难道阿棉不愿接受我的爱?他突然想起了什么,走到大衣橱前，把一只大号的旅行箱拉出来，三下五除二打了开来，开箱一看，乖乖，全是法国女式时装与巴黎名贵香水。梅森克做了个捧送的动作，意思这些全是带来送给阿棉的。那一刹那，感动的阿棉差一点扑到梅森克的怀里。阿棉怕自己再待下去，真的会控制不住自己感情，她坚持要回去。

梅森克见天色已晚，做了个睡觉的动作，不让阿棉走。

阿棉怕冲动的梅森克万一乱来就不好办了，开了门就往外走。梅森克追上来，拉住了阿棉的手。阿棉说："不行！你不能这样，不能这样——"

正这时，有个西装革履气度不凡的青年走过梅森克的房间，他见阿棉试图逃出来，梅森克拼命要把她拉进去，觉得有些不对劲，难道是老外想调戏、侮辱我们的姐妹。这青年放慢了脚步。他看清楚了梅森克欲强吻阿棉。阿棉一个姑娘，哪里挣得脱呢？如果门一关，什么事都可能发生。那青年一时很是义愤，他上前用英语与梅森克说开了。阿棉听不懂他们两人在说什么，但梅森克放开了阿棉这是事实。梅森克最后一句："I'm sorry！"阿棉听懂了。

阿棉很感激如今还有人挺身而出，很真诚地说："我请你喝咖啡。"

这咖啡一喝，两人就聊上了。原来这青年是一家搞进出口贸易的副总经理，叫茅德平。

阿棉心想年纪这么轻就坐上了这位置，还说一口流利的英语，不简单。

茅总听了阿棉的故事后，脱口说道："正常，很正常。见了你不追你才不正常呢。"

茅总的这话很有分寸，但阿棉听上去很舒服。总而言之，她对茅总的印象不错。

茅总从阿棉的眼神里读到了点什么。他对阿棉说："以你的气质，你的相貌，窝在娄城埋没了，你也算出过国见过世面的人了，这样吧，你有兴趣，可以到我们公司来干，我们公司正需要像你这样的公关小姐……"

阿棉没有立即作答复，说考虑考虑。

于是，两个人互留了地址，互留了电话。

以后的发展可说是很快很快，如果要细写，光这一段恋爱史就能写上几万字呢。

阿棉终于到茅总的公司上班了。

娄城的人说：怪不得阿棉不谈男朋友，原来她嫌这儿的庙太小。

阿棉仍笑笑，听任人家去说。

再后来，阿棉嫁给了茅总。

见到他们这一对的，无不说郎才女貌，天生的一对。

婚后，小夫妻俩恩恩爱爱，小日子过得甜甜蜜蜜。可能上帝安排好的，人是难以十全十美的。一晃一年多了，阿棉的肚子还是一点不见动静，毫无隆起的迹象。阿棉的公婆开始有些沉不住气了。他们茅家三代单传，到茅总这一代，两房合一子，如果阿棉的肚子老是这样瘪塌塌的，茅家岂不是要断了香烟？这如何是好。开始，两老还只是干着急,不好多问多说,眼见两年了,阿棉还是结婚时的阿棉,婆婆有点忍不住了,直接说不好,就指桑骂槐地损阿棉。

其实阿棉也急。她明白,没有生过孩子的女人是不健全的女人,没有孩子的家庭是不完整的家庭。从内心讲,她也想要个孩子。可她也闹不清为什么别的小姐妹老是避孕还常怀胎打胎的,自己与丈夫也没少努力过呀,可惜全属无效功。

阿棉翻过不少医书,对照下来,自己不算性冷症,丈夫也不是性无能,问题出在什么地方呢?难道自己真像婆婆说的是不会下蛋的母鸡?!阿棉决定去医院查一查。如果查出自己生不了,也就心死了,干脆领养一个,以作补救。

阿棉做事很有心计,她连丈夫茅德平也没告诉,悄没声儿地独个儿去医院做了彻底检查,医生的结论是:一切正常,具备生育功能。

面对这个结论,阿棉一喜一忧,喜的是自己是个正常女人,婆婆的指责是完全没道理的,因为责任不在她阿棉,以后可理直气壮做人,再也不用看婆婆的脸色了。忧的是万一丈夫知道了是他没有生育能力,这对他男子汉的自尊该是多大的打击。他能承受得住吗?为了丈夫,为了这个家,阿棉决定不把这个结果告诉丈夫,也不告诉公婆,就烂在肚里,成为永远的秘密。

想是这么想,可有话憋在肚里不讲,这多难过,更何况这还关系到自己的声誉,阿棉忍得好难受。

有次,婆婆不知哪根筋没搭住,又开始指着和尚骂秃子了,说

真假爱情

邻居张家的猫下了两只小猫，人见人爱；又说底楼李家养的哈巴狗一胎生仨，那狗叫京巴，名贵种，仨只狗就买了一万多……

阿棉知道再说下去，十有八九要联系到她了，所以她知趣地回房。可房间并不隔音，她听到婆婆气呼呼地在说："有些人啊，还不如猫与狗，光知道身段，知道苗条，还要什么曲线，有本事肚皮隆一隆才算对得起男人……"

阿棉实在听不下去了，她冲出房间，朝着婆婆说："说话积点阴德，要真这样下作，肚皮早就鼓了一回又一回了。"

锣鼓听音，婆婆一下听出了阿棉的话外之音，一下懵了，不好再说啥了。

阿棉是第一次顶撞婆婆，婆婆气得不轻。从此虽不说啥了，可也没了好脸色。

凡事开不得头，阿棉顶撞过婆婆一回后，也就不再顾忌什么了，反正不是自己的错，犯不着长期忍气吞声，既然点穿了，也不必遮遮盖盖了。阿棉故意走路雄赳赳气昂昂的，好像在无声地抗议，抗议婆婆把罪名错安在她头上。

这也罢了，自从阿棉知道丈夫每晚的努力都是只耕耘不收获的瞎播种后，渐渐失了兴趣，有时仅仅是应付应付。从以前每晚一课减少到一星期一课，再后来，一星期一课周末晚上的例行公事也不保证了。男人对别的事还会马虎不在意，对这事最敏感。茅德平明显感到阿棉对自己的冷淡，但阿棉晚上也不外出，丝毫无外遇的迹象，似乎也不便说她。他隐忍着。不过他自己感到，自己近来脾气坏多了，也不知是否与这事有关。

　　茅德平与阿棉结婚以来第一次吵架是一个周末的晚上，那天茅德平正好从北京出差回来，在外近一个月，好想家好想阿棉，老话说"新婚不如远别"，他期望分开一段时间后，有可能调整一下两人的感情，他猜想阿棉今晚会对他温柔一番。谁知阿棉不咸不淡地应付着，当茅德平激情勃发时，阿棉只管翻看着手里的一本《小小说选刊》，大概阿棉正好看完一篇，见茅德平还在不罢不休时，淡淡地说了句："还没好啊。"

　　阿棉这话一出口，茅德平顿时索然无味。"你，你怎么变得这样！"他气得不轻。

　　阿棉见丈夫生了气，自觉有些理亏，就对德平说道："我也是为你好。出差刚回来悠着点，你这样上劲，于事无补，伤了身体划不来。"

　　"你这是什么话？要知道，我是你丈夫！"没有得到满足的德平压抑的火终于爆发了。

　　"你凶什么凶，有本事生出儿子才凶得让人服帖。纸老虎般瞎凶有什么用，你省省吧。"阿棉说话绵里藏针，骨子里凶着呢。自病自得知，德平一听阿棉说这话，马上意识到了什么。他知道，自己的形象在阿棉眼里已一落千丈，甚至一钿不值了，这使在外头威风八面的茅总茅德平那脸往哪搁。气头上的德平失却了往日的温文尔雅，一把揪住了阿棉的头发，凶巴巴地说："你是不是外面有了野男人了，是不是在想那个法国佬了？说！"

真假爱情

阿棉原本一点也没想过梅森克，再说此事与他完全风马牛不相及。但人在气头上，什么昏话都会说出来。阿棉是第一次被丈夫如此欺侮，为了气气丈夫，她故意说："我就是想梅森克了，怎么样，人家比你像男子汉。"

或许是茅德平误会了这句话的含义，想歪了的德平给了阿棉狠狠一掌。他接着说："好，我今晚让你瞧瞧我像不像男子汉，比不比洋鬼子差劲。"德平开始发横了，他不顾阿棉的反抗，来了个霸王硬上弓。

阿棉见丈夫这样，就是不合作，她一边反抗着德平，一边说："我告你个强奸罪。"德平一听火更大了，"笑话，自古以来'娶来的妻子买来的马，任我骑来任我打'，我怕你告，我不姓茅！"

相骂没好话，扯来扯去，又扯到梅森克头上，德平怀疑阿棉与梅森克藕断丝连。

阿棉索性穿好衣服坐了起来，她说："你既然不信任我，我这日子没法与你过了。"说着抱了枕头睡到客厅的三人沙发上。

"离就离，我还怕讨不到老婆吗？"茅德平甩出了这么一句。

婆婆本不喜欢阿棉，极力主张儿子离。堂堂一个副总经理，还愁娶不到年轻漂亮又贤惠的姑娘吗？

到了这地步，再维持下去也实在没味了，于是，一拍两散，离！

阿棉是个要强的女人，她不想欠茅德平一家什么，更不想落下什么话柄，她觉得做人要做得硬气。怎么进茅家门，怎么出茅家门，茅家的东西她一样也不要。

出了茅家门，阿棉成了个一无所有的人，唯一与以前不同的，阿棉成熟多了，坚强多了。古人曰"三十而立"，自己人到而立之年，却一无所立，咋办？

娄城是肯定不会回去的，对，到浦东去，不信三十岁的女人就不能再闯一闯，搏一搏。

阿棉凭着这几年自学的英语，凭着她的公关能力，很快被邦达跨国公司上海分公司的裘老板看中了，这是家美国的公司，裘老板是台湾人，严格地说也是打工的，高级打工而已。

裘老板很器重阿棉，不到三个月就提升阿棉为总经理助理，每次都带她出去。

阿棉在公司里一下子冒升，引起了一些人的嫉妒，有风言风语说阿棉不是凭自身真才实学，而是凭她的脸蛋，凭她的色相爬上这位置的。

裘老板很体己地对阿棉说："有我在，你怕什么，这儿，我说了算。你大胆干，放一百个心。"

信任总是让人感激的。阿棉觉得裘老板对她不错，不过，凭她女人的直觉，总觉得这背后有一双异乎寻常的眼睛，阿棉甚至担心会不会发生点意外。

阿棉的直觉没有错，阿棉的担心不是多余的。那天下雨，那雨是长脚雨，不像就停的样子，偏裘老板给了阿棉一大堆东西要处理，言明第二天一早要用的，阿棉只好开夜车，正当阿棉一个人在

真假爱情

办公室审看最后一份计划书时,裘老板进来了,见阿棉还在加班,大加夸奖,说:"阿棉,你真是我最好的搭档,我有点离不开你了。"说着,动情地抱住了阿棉。裘老板是从背后抱住阿棉的,两只手正好扣住了阿棉的双乳,他一边揉捏着阿棉富有弹性的乳峰,一边在阿棉的颈脖子处忘情地吻着……

阿棉万万没料到裘老板会这样放肆,阿棉猛地站起来,用力挣开裘老板的双臂,义正词严地说:"裘老板,我是你的雇员,不是三陪小姐。请你尊重点我,也请你自重!"

大概裘老板等这个机会已等了很久了,大概他认为自己下的功夫下的本钱已不小了,这晚应该是水到渠成,阿棉会乖乖就范的,没料到这阿棉会来这一手。眼看好事要泡汤,裘老板不甘。依他的经验,女人在这种事上说不,往往是同意的代名词,推三推四,无非是忸怩作态,或借此抬高身价而已。好你个阿棉,想敲我一笔是不是,他摸出口袋里一叠美元,说:"给,我裘某人会亏待你阿棉吗,真是的。"说着又去抱阿棉。阿棉抓过那叠美元,劈头向裘老板摔去,"你当我没见过钱是不是,你把我阿棉当什么人了。"

什么叫色胆包天,此时的裘老板就是。他大有今晚得不到手不罢休的样子,回身把办公室门的保险关上了,把灯也关了。此时,借着窗外霓虹灯的余光,办公室里隐隐约约能看得见人。阿棉在昏暗的灯光下,突然觉得原本看上去挺斯文的裘老板,一下子变得狰狞可怕。阿棉知道,凭她的力气,是无论如何逃不过裘老板的"追捕"的,她毅然拿起电话,拨通了110。裘老板见阿棉拨110,立即泄了气，他捋了捋头发说："好，算你厉害。你会后悔的！"说着开了门，狠狠地出了办公室……

阿棉还是顾及了裘老板的面子，没有照实说。好不容易把110的警察应付过去，她一下瘫坐在转椅上，突然觉得好累好累。

110警察带着疑疑惑惑的神情走了，但公司的保安人员并不是傻瓜，他们从裘老板慌慌张张夺门而去的神态中已猜了个八九不离十。

民谚曰："瓶口扎得住，人口封不住。"传言以几何级的速度传着，每传一位，都或多或少加上了那么一点主观的想象发挥，其中有几位本来就不满阿棉如此快地冒升，这正好是出口恶气的机会，传言也就难听了。传到后来，就成了阿棉企图以色相引诱裘老板，敲诈裘老板，由于阿棉狮子大开口，裘老板不得不打110……

阿棉气得浑身发抖，这是对她人格的污辱，是毁坏她的名声。她想起诉。可起诉谁呢？起诉裘老板？不行，那晚，是自己向110解释的。如果起诉，岂不成了出尔反尔，再说，这些传言也不是裘老板传出来的，就算是，证据呢？

官司打不赢还是小事，万一闹得满城风雨，这不等于抓把虱子放头上痒痒吗？说不定越传越离谱呢。男人有点这事，社会似乎还可谅解，女人有点这事，那就臭了，就一辈子钉在耻辱柱上了。好在如今有跳槽这一法，此地不留爷，自有留爷处。树挪死，人挪活。是独木桥是阳光道，我阿棉何不另走他途，另择高枝，阿棉正在思谋这事时，裘老板把一纸新的聘任书交到了阿棉手里，聘任阿

真假爱情

棉为公司驻新疆的办事处主任，叫阿棉去开拓边远地区的市场。阿棉心里像吃了萤火虫一样透亮，这是裘老板解雇中层管理人员的一种软法子，人往高处走是常理，哪有人往低处走的道理。人争一口气，佛争一炷香，接下来，无非是自动辞职，炒鱿鱼变成自动离职，变剑拔弩张为客客气气，这是裘老板的高明之处。他自知理亏，他不想太刺激阿棉。

阿棉走的时候很平静。她对裘老板说："谢谢你又让我认识了许多。"

裘老板的脸色有些不自然起来。

阿棉这次想跑得远远的，离家乡越远越好。

阿棉来到了海南。海南对阿棉来说是块陌生的土地，此地，阿棉举目无亲。阿棉明白，试试自己的才干，试试自己运气，这儿是最佳选择地。

阿棉没想到，昔日的苦难，昔日的经历成了她的资本。海南通达文化传播有限公司的梅一新总经理见了阿棉的履历表，谈了几句话，就爽快拍板，聘用了阿棉。

世界很大，世界很小。阿棉做梦也没想到会在"天涯海角"碰到梅森克，梅森克是来中国旅游的。梅森克认定这是上帝的安排，说这是他心诚的回报。他告诉阿棉，自从认识阿棉后，他就开始对中国发生了极大的兴趣，他专门寻找有关中国的书看，还参加了中文补习班。如今他成了半个中国通了。或许是他多年前遭阿棉的拒绝使他记忆犹新吧，他不敢有亲热的表示，只兴奋地搓着手，用带洋腔的中文说："缘、份，缘——份！"

　　阿棉也觉得只有一个"缘"字可解释。阿棉经历了那么多事后，回过头来看，还是这位梅森克真诚。想想前事，总觉对梅森克有一份歉意。如今相逢于天涯海角，实在难得而又难得。两人不知不觉聊到了天黑。

　　梅森克的中文不是很流利，甚至可说有点笨拙，但这不妨碍他与阿棉之间的交流，辅以动作，比比画画中，两人都能大概听懂对方的意思。梅森克知道阿棉进了文化传播公司，当即表示可以帮一把阿棉。梅森克熟悉法国文艺界，这是他一个极大的优势。他清楚哪些剧团，哪些歌手乐手，哪些演艺界的大腕新秀有可能邀请到中国来；他也能摸清哪些法国的团体愿意邀请中国的文艺团体赴法兰西交流演出。

　　真是人背运，喝凉水也塞牙，人走运，家藏废纸也会成文物。阿棉想：天助我也，有了梅森克的援手，工作不愁打不开局面。

　　梅森克果然义气，回法国不久，就传真过来了材料，促成了法国马赛交响乐团到海南岛的访问演出。

　　一炮打响，使通达文化传播有限公司在海南名声大振。

　　梅一新在庆贺初战告捷的那次晚宴上，亲自举杯向阿棉表示感谢。他动情地说："我果然没看走眼。阿棉，你是干事业的料。"

　　阿棉是个敬业的女人，加之梅森克鼎力相助，通达文化传播有限公司做成了好几次颇有影响的海内外文化交流，公司在海南声誉鹊起。论功行赏，阿棉无可非议地坐上了副总经理的位置。

真假爱情

梅一新是个人才,这是阿梅的看法。梅一新的专业是计算机应用,他玩电脑是绝对高手。他对阿棉说:"等传播公司赚了钱,我一定要开一家电脑公司。"梅一新推心置腹地告诉阿棉:"通达文化传播有限公司看起来大红大紫,但赚的是名声,赚的是社会效益,公司利润很薄的。将来开了电脑公司才是能赚大钱的,但做电脑生意没足够的资本竞争不过人家……"

阿棉觉得梅一新是个有大志的人,她举杯祝梅一新成功,并说了句"有志者事竟成"。

梅一新举杯一饮而尽,自言自语说:"有你这样善解人意的女人,真是一种幸福。"

随即,梅一新望着空酒杯,呆呆地不再言语,阿棉发现他突然很伤感,那眼泪快要滚下来了。不是说"男儿有泪不轻弹"吗?梅一新心里一定有心事。阿棉是过来人,她猜测梅一新的心事与他家庭有关。因为共事以来,梅一新从不提老婆孩子的事,也从不见他老婆孩子来电话。这事还不好问,特别是阿棉这身份。"早点休息吧,多喝伤身体。"阿棉觉得找不出更合适的话了。

"不,你让我喝,让我把压在心里的话说出来,我压得太久了。"

梅一新像讲故事那样讲起了他的家庭。原来梅一新也有一个漂亮的妻子与一个可爱的女儿,但后来妻子去美国留学后就黄鹤一去不复返,更残酷的是把女儿带走了。听说她嫁了个老外。我最恨女人见异思迁,最恨中国女人嫁给洋鬼子——

阿棉没想到梅一新有这样一段伤痛埋在心底,一种同情心绪弥漫在了阿棉胸中。

"阿棉，你嫁给我吧！我会是个好丈夫、好爸爸的。"梅一新抓住了阿棉的手。

阿棉也有过不成功的婚史，一时产生了同是天涯沦落人的感情。阿棉知道，此时的男人可能是最脆弱的时候，她没有拿开梅一新的手，只说："梅总，你喝多了，明天再说。"

"不，我清醒得很，我比任何时候都清醒。我早就想向你求婚了，但我不敢，我怕你拒绝。你这么漂亮，这么能干，我是不是奢望了？我是婚姻受过伤的人，如果老天给我第二次，我会很珍惜很珍惜的，就像珍惜我自己的生命一样……"

阿棉虽说已是个不年轻的女人了，但梅一新的这番话听得她好感动，绝对比海誓山盟更让她心动。她阿棉要的就是这个呀。男女之间还有什么比相互了解，相互理解，长相爱相厮守更令人神往呢。

阿棉觉得嫁给梅一新这样的中年男子，实在要比嫁给没结过婚的更可靠。

阿棉没有说同意，也没有说不同意，只是紧紧地看着梅一新的眼睛。梅一新在阿棉泪盈盈的眼神中读到了一种默许。

梅一新与阿棉的婚事没有大事宣扬，也没有大摆宴席。梅一新说："我厌烦中国式传统的婚礼，我们两人的事，要那么多亲亲眷眷来吃呀喝呀，还'新婚三日无大小'，这太滑稽了。我们来点西洋浪漫的，来个海外旅行结婚怎么样？"

这正合阿棉的心意。三十多岁的人还穿婚纱，大庭广众招摇，

真假爱情

阿棉也觉得没必要。两人去了新加坡的圣淘沙，去了马来西亚的槟榔屿，去了泰国的芭提雅，玩得好开心。

阿棉想起了家乡的一句俗话"男怕走错道，女怕嫁错郎"，想想第一次婚姻，阿棉恍如隔世。"我一定给你生个大胖儿子！"阿棉对梅一新说。想到自己终于可做一个完整的健全的女人了，阿棉心里溢出一种幸福感，阿棉甚至想象着自己挺着个大肚子，走到茅德平面前，走到茅德平父母面前，骄傲地走一回，让他们看一看，好好看一看。阿棉又觉得这样想太刻薄了点。阿棉依偎在梅一新的怀里，感到从未有过的踏实。

梅一新轻轻地抚摸着阿棉柔滑的胴体说："你给我生个大胖儿子，我给你什么呢？来而不往非礼也。我一定也要给你一个惊喜。"

梅一新给阿棉的惊喜是他终于如愿以偿地注册了一家新棉电脑责任有限公司。按梅一新的解释，新代表他梅一新，棉，代表阿棉，新棉字面意思也好，骨子里蕴含着梅一新与阿棉合二为一。梅一新还说："为了表达自己对爱妻阿棉的感情，他已让阿棉做了新棉电脑责任有限公司的法人代表。梅一新说，在文化传播公司，你阿棉是我副手，在新棉电脑公司，我做你的副手，这样就扯平了，我们夫妻就无所谓高下之分了。"

阿棉觉得梅一新对自己真好。

果然如梅一新预料的那样，电脑公司比传播公司更赚钱。如今电脑是方向，电脑已开始向家庭普及，这个市场很大，生意有的做呢。

海南的走私一向屡禁不止，只要有这方面的进货渠道，做这电脑生意可说是包赚不赔的。

渐渐，阿棉对电脑生意也看出了些门路，她觉得应该抓住江浙沪一带的大市场，搞大宗批发，这正合梅一新之意。梅一新对电脑熟，他负责进货。阿棉对江浙沪一带熟，她负责找下家，开拓市场。两人夫唱妻随，生意越做越大。

梅一新踌躇满志地对阿棉说："有了经济实力，我们通达文化传播有限公司要做件让全国震一震的文化善举，我们通过梅森克，把世界三大歌王帕瓦罗蒂、多明戈、卡雷拉斯都请到海南来，让他们联袂演唱，到时，中央电视台必然转播，说不定世界各大传媒也会争相报道呢。"梅一新完全沉浸在成功之中了。

"看把你美的。"阿棉说这么说，心里也甜甜的，看啥都觉得美，不说也想笑。

国际金融大炒家索罗斯在东南亚一带兴风作浪后，东南亚开始陷入了金融风暴的旋涡中，经济急剧滑坡，商业一派萧条，破产、停业、关店，几乎每天都是这种消息。东南亚经济危机，对海南的冲击也不小。

一度，梅一新的通达文化传播有限公司无文化可传播，原来已签约的撤销合同，至于意向性的更成一纸空义。新棉电脑公司的业务量也一跌再跌。阿棉从未经历这样的风波，愁容满面。梅一新给她打气说："有低谷就有高潮，抗得住这一阵就是胜利。"梅一新天天坐在电脑前从网络上看各地信息。他的观点是：商机总是有的，就看你把握得住把握不住。

都说信息时代，信息就是金钱，这话不错，梅一新从网络上知道，泰国、韩国有不少企业破产，正在清仓拍卖库存呢。梅一新捷足先登，抢先买下，转手批发给国内的一些公司，发了笔危机财。

梅一新对阿棉说："九十年代做生意，一靠关系，二靠信息，三靠实力。大钱赚大钞票，小钱赚小钞票，切记切记。"

梅一新进货从来都是亲自出马的，一次也未请手下人代劳过。他告诉阿棉：竞争是商场法则。进货渠道无比重要，有了它就有了竞争的资本。随便把这渠道让旁人知道，等于把发财的机会让给别人。

阿棉觉得梅一新做生意越做越精了。

梅一新常外出进货，也就常不在家，阿棉也习惯了。

一天半夜，独自沉睡的阿棉蓦然被一阵急促的电话铃吵醒。半夜三更的，谁呀，她吓了一大跳。她接过电话，只听一个压得低低的声音问："是不是梅一新家？"

"是梅一新家，请问——"

阿棉话没说完，那神秘之人打断阿棉话说："那你是梅太太？"

"对，我是阿棉，先生他——"

"请把传真打开，要快！"那人以不容置疑的口气低低说着，仿佛是在下命令。

阿棉出娘胎以来第一次碰到这种事，她不知是凶是吉，只觉得心在怦怦乱跳，手控制不住在抖，额上冒出了虚汗。阿棉慌慌地打开了传真机的接收装置。

夜的寂静中，传真机吱吱的响声竟是那样刺耳，阿棉听得浑身起了鸡皮疙瘩。

会不会是梅一新被人绑架了，是来要赎金的？或者是故意的骚扰电话——反正不会是好事。阿棉拉亮了房间里的大灯，以壮胆子，阿棉想，要是一新在身边多好。她心里默默地为一新祈祷起来。"但愿一新平安无事，但愿一新早早回来！"

"咔嚓"一声，传真纸切了下来。

阿棉稳了稳神，拿过传真，只见上面极潦草地写着这样几行字："据悉，政府正在召开打击走私的会议，全国范围内的严打走私不日展开。好好把握商机，机不可失，失不再来！此乃绝密，看后务必烧毁，切切不可外传！！"

没有落款没有时间，只知是北京传过来的。

阿棉猜测是梅一新在北京的铁哥们向他透信息。阿棉走南闯北混了这么多年，马上掂出了这条信息的分量，怪不得半夜三更如此神神秘秘。

时间就是金钱，早一分钟通知梅一新都可能带来可观的利润。阿棉立即拨通了梅一新的手机，可他关机了。真要命，早不关机，晚不关机，怎么偏偏这时候关机。烦躁的阿棉索性披衣坐了起来，一看时钟半夜一点，这时梅一新肯定也睡了，他能不关机吗？嗨，看来不到天亮难以联络上，阿棉急得再无半点睡意。

真假爱情

阿棉又一字一句地研究着这传真。阿棉想梅一新知道这传真内容后会采取什么对策呢？根据阿棉对梅一新的了解，梅一新极有可能大批量进货，来个奇货可居，等货源紧缺，价格上扬后再抛出，这无疑是笔好买卖，可这要大笔资金，眼下，马上拿出一大笔资金是困难的，到哪去筹呀。

一新呀一新，你快点打开手机。阿棉一遍一遍这样说着，直到七点钟，阿棉才打通梅一新的手机，梅一新一听，马上对阿棉说："你不要再在电话里说了，我马上飞回来。"

中午时分，梅一新赶到了家，他一看传真，高兴地一拍桌子说："发财的机会来了！"

梅一新烧掉了传真后，对阿棉说："这消息是绝密级的，对亲娘老子也不能说。"

梅一新静坐了十几分钟后，对阿棉说："如果抢在中央严禁走私前，进一批电脑，奇货可居，必赚钱。物以稀为贵，这是商业的不二法门。沿海走私一打击，货源必少，货源一少，必涨价。赚的就是这时间差。"

阿棉还有点不放心，说："万一进了货被查，不是吃不了兜着走吗？"

梅一新胸有成竹地说："只要货已进来，就是安全的。"

"不怕一万，就怕万一。"阿棉觉得小心没大错。

"'胆大将军做'这话你听说过吗？做大生意总要冒些风险的。说到底，我们也没走私，我们只是买了便宜货而已，放心，他们的各类单子齐全得很呢……"

在梅一新的鼓动下，阿棉也心动了。两人意见一统一就是筹款了。梅一新查了一下文化传播公司与电脑公司的账，算了算，显然少了些。梅一新说我去朋友处调调头寸。

梅一新出门不久，阿棉又接到一传真，说有一船电脑刚刚到货，价钱好商量，但必须整船要货。

阿棉赶快给一新打电话，一新说："市面银根紧，一下难以凑齐这笔款。"

梅一新赶回来对阿棉说："这些搞走私的，上头都有人，鼻子比狗还灵，风声一紧，只想早点把货脱手。好，我趁这机会，宰他一刀，狠赚一笔。"

那边货主又打电话来，说要就要，不要他们另寻卖主了。

梅一新怕煮熟的鸭子飞掉，决定从银行贷款。或许是新棉电脑责任有限公司声誉不错，贷款的事很顺利，一下子贷到五千万。

梅一新怕夜长梦多，连夜去进货。

第二天中午，阿棉接到一新的电话，叫她速速赶到三亚，说需要她的帮忙。

阿棉赶到三亚假日大酒店左等不见人，右等不见人，打梅一新手机，里面传出："有故障。"气得阿棉恨不得摔机子。

阿棉与梅一新联系不上，又不敢走开，只能在饭店干等，等到晚上，依然一点消息没有，阿棉有点担心了，会不会出事，毕竟这是去接走私货。出事了，这几乎是一定的。阿棉当机立断，赶回了公司，可也无半点消息。奇怪。从那一天起，梅一新好像消失了似的，再无任何消息。

时间一天天地过去，阿棉度日如年。一个星期过去了，梅一新没有消息；十天过去了，梅一新还是没有消息；半个月过去了，梅一新仍没有消息。阿棉产生了怀疑，阿棉报了警。

公安局一查，说梅一新早出国了，办的是移民。

如晴天霹雳打在阿棉头上，阿棉无论如何也不会想到梅一新竟是这种人。阿棉恨自己有眼无珠，又一次认错了人，嫁错了郎。她要求公安机关通缉梅一新。

公安机关的回答使阿棉从头凉到脚，原来新棉电脑责任有限公司的法人代表是阿棉，该还贷的是阿棉，换句话说，该负刑事责任的是她阿棉而不是梅一新。阿棉绝望地一下瘫了下去。

好在银行的还贷日子还未到，检察院虽立了案，但未拘禁阿棉。

五千万啊，整整五千万啊，这个漏洞如何补？阿棉一筹莫展。

有一天清早，阿棉接到了梅森克从美国打来的长途，他说他在美国宾夕法尼亚见到了梅一新与一个漂亮的女人在一起，还带着一个小女孩，看样子是一家子。梅森克看不懂了，问阿棉是怎么回事。

阿棉没想到梅森克还在关心她，她再也忍不住，在电话这头大哭了起来。梅森克见阿棉泣不成声，意识到阿棉的婚姻又出了问题，他冲着电话大声说："阿棉，不要哭，不要哭，我马上来中国。有我，别怕！"

阿棉压根没指望梅森克来，有他的这几句话，尽管遥远，阿棉已感到很安慰了，阿棉想不到萍水相逢，一面之交的异国朋友梅森克这么多年来仍对自己一往情深。可梅森克毕竟是法国人，算了，不想不想，阿棉要想的事太多太多了。

梅森克出现在阿棉面前时，阿棉疑是梦中，她下意识捏了捏自己的手臂，痛的，不是梦，梅森克真的来了，阿棉几乎控制不住自己的感情，想扑在他怀里痛痛快快哭一场，但阿棉忍住了，阿棉毕竟成熟多了，不能失态，她告诫着自己。

梅森克听了阿棉的遭遇后，宽慰阿棉说："这事海外也有。我会请最好的律师为你辩护。你们中国不是有句身正不怕影子斜的古语吗，是非曲直，总会水落石出的。"

事情终于调查清楚了。梅一新其实是蓄谋已久，他与前妻所谓的离婚是假的。他选择阿棉作为替罪羊，卷了一票就逃之夭夭，到美国去与妻儿团聚了，他的如意算盘打得很好，有阿棉顶着，法律找不上他，国际刑警就不会来找他麻烦。

阿棉呀阿棉，你聪明一世，糊涂一时。你还嫩着点呢。竞争社会，实质就是个你死我活的社会；不是我心狠手辣，我也是别无选择。阿棉，我对不起你，我为你烧香祈祷，梅一新以这样的话宽慰着自己的良心。

由于案情重大，阿棉一时难逃干系，她到底还是进去了。阿棉心里有数，梅一新骗走的不是小数目，如果判下来自己有罪，不可能出去的。难道我阿棉要为梅一新把牢底坐穿？阿棉越想越觉得不值。

里面的日子过得很慢很慢，时间像老牛拉破车似的吱吱哑哑地

真假爱情

走不动路，阿棉一件件回想着自己的往事，自己这一生太不顺了，往往刚闯出点名堂，刚抓住幸福的手，转眼又变化了，原来自己抓住的竟是魔鬼的手。想想梅一新此时此刻可能正与娇妻、女儿重归于好，共享天伦之乐，而自己却代他受过，在这孤寂与冰凉的拘留所里苦熬时间。阿棉想到了死，死或许是一种解脱，死了，一了百了，什么贷款，什么还债，统统见鬼去吧。死是容易的，死又是困难的，至少在这里阿棉想死没那么容易。

梅森克已注意到阿棉的情绪变化，他来探望阿棉时说："我等你，不管你在里面多少时间。"

阿棉觉得梅森克很傻，傻得她一阵阵内疚，"我欠梅森克太多太多了。"阿棉默默对自己说。

梅森克再次来探望阿棉时给她带来了一个又好又坏的消息：据美国报纸报道，梅一新到美国后，可能露了财，遭到黑社会的敲诈。聪明过头的梅一新想以黑制黑，结果两家老大为了共同的利益，谈判成功，不久，梅一新死于非命，成为一桩难查的无头案。

梅一新的死属咎由自取，阿棉没有震惊，也没有多少开心的表示。阿棉甚至觉得梅一新的死，可能会使案子死无对证，更趋复杂。阿棉做好了最坏的打算。她想大不了一个死罪吧，反正我阿棉不偷不抢不骗，上对得起国家，下对得起公司员工，无愧于列祖列宗，也无愧于自己的良心，到阎王爷面前对质也不怕。人有了这想法反倒坦然了。

夜深人静之际，检点自己，最失败的莫过于爱情，要是人生能重来一次那多好，那自己一定选择梅森克。想到这，阿棉的脸红了红。"下辈子吧，梅森克。"阿棉感觉泪水又一次盈出了眼眶。

判决快了，阿棉似乎已不关心这个了，判不判对她来说已无所谓了。她只想再见一面梅森克，劝他回法国，不必再为她操心，阿棉想当面对他说一声："谢谢！"阿棉知道这"谢谢"两字太廉价，但除了这，她还能对梅森克说什么呢？

阿棉感觉到梅森克又在向她走来了。

真假爱情

豪门发廊命案

　　刑警队长年苏声极力想睁开又涩又重的眼皮，但眼皮上像坠了铅，就是睁不开——昨晚为了截获两名新疆来的毒贩，直到凌晨才睡下。睡到床上时，年苏声想：总算可以美美睡一觉了。头碰到枕头，还没两分钟，他已呼噜呼噜沉沉入梦了。睡梦中有人问他：天底下什么事最美？——"安安静静睡上三天三夜！"年苏声脱口而说。人们哄堂大笑，笑得年苏声很奇怪，难道我说错了！？

　　笑声中年苏声隐隐约约觉得有电话铃在响，这铃声很遥远，不过，年苏声本能地觉得这电话铃声可能与他有关，他循着铃声寻找着电话机。睁不开眼，他只能一间屋一间房摸着找。终于，铃声大作，原来在这儿。他一把抓过电话，可电话依然响个不停。突然，他一个激灵从梦中醒来，以最快的速度抓过床头的电话。

"什么，豪门发廊发生凶杀案。好，我立即赶到！"年苏声睡意全无，一个鱼跃起了床。

豪门发廊是杨花街上一爿并不起眼的发廊，尽管发廊起名为豪门，可半点也看不出豪门的气派。豪门发廊只是杨花街上28家发廊、咖啡馆、夜总会、洗脚屋中的一家。这条街名声不太好，生意却很红火，尤其到了晚上，的士进进出出，灯光闪闪烁烁，给人光怪陆离的感觉。公安局、联防队曾突击过几次，可明火烧不尽，野风吹又生，据说去年春节，有家发廊的老板自恃识几个字，自撰了一副春联贴在店门口，上联为"为民服务，进门个个是上帝"，下联为"替客着想，出店人人皆神仙"，横批是"繁荣昌盛"。结果第二天发现春联被人改了几个字，上联改成了"为人民币服务"，下联改成了"替嫖客着想"，横批改成了"繁荣娼盛"。此事传得沸沸扬扬，老百姓说啥的都有。只是有关方面似乎眼开眼闭，令人看不懂。知晓内幕的说："领导说了，要注意投资环境，水清则无鱼。"

或许是杨花街水浑，乌龟王八，啥鱼都有，终于浑出了事。

豪门发廊是杨花街最北边靠杨柳桥的一家铺面。沿街两开间门面，靠河两间住宿，面积不算大，不过开发廊是够了。

年苏声赶到时，已围了不少看热闹的人。

只听得后到的人在问："出了什么事？"

先来的淡淡地说道："杀人了。"

年苏声一进门首先勘查现场，死者是个有几分姿色的姑娘，年纪在26岁左右，身高1.68米，发育得很丰满。死者仰天倒在地上，

真假爱情

下身穿着粉红色的三色裤，上身穿着一件碎花白底的衬衫，胸口一粒扣子没扣好，露出了里面肥硕硕的乳房，显然死者未戴乳罩。死者的头发马尾巴似的一把束在脑后，看得出是染成金黄色的。死者赤足穿拖鞋，其中一只拖鞋不知甩到哪儿了……

年苏声不动声色地看着，他发现了几处值得注意的细节。一、死者的右脸部有一淡淡的不易察觉的手掌印。据此判断，行凶者杀死此女子前，还抽了死者一耳光。二、死者一手握着一把刮胡子修面用的剃须刀。这表明死者与凶手搏斗过。三、死者太阳穴上方有一肿包，估计是被钝器猛力一击而敲裂脑壳致死的，如果这个猜测没有错的话，凶手一定人高马大，蛮力无比，否则怎么能一击而亡呢。

根据年苏声的经验，死者死亡时间不会超过三小时。换句话说，死者大约是天亮时分，即五点多钟被杀的。这正是年苏声最好睡的时候。

死者的身份证未能翻到，只知死者叫姜花妹，湖北麻城人，未婚。

看得出，姜花妹脸面的表情极为紧张，紧张得都变了形，看来凶手一定很凶神恶煞的，把姜花妹吓坏了。年苏声不忍多看死者，叫手下用床单把死者盖了。

年苏声又细细检查了开来，两间营业的发廊不像有被翻动过的痕迹，但姜花妹睡的那一间肯定被彻底翻过，枕头被扔到了地上，抽斗只只拉开，只只翻了个底朝天，箱子里的衣服等也被抖在了地上。经检查，既无现钞又无存折，连死者的金项链、金戒指等也不翼而飞——照现场分析下来，谋财害命的可能性最大。

拍过照，提取了现场的脚印、指痕等后，年苏声关照把死者尸体运走。

死者姜花妹是这豪门发廊的承租人，也就是女老板，她手下雇用两个外来妹，一个前天刚辞职，另一个叫小碧的就住在店里，即姜花妹隔壁一间房，姜花妹被杀那晚，她也睡在店里，难道她一点动静都没听到？这似乎有些说不通，因此年苏声把小碧带到了局里，请她协助调查。

小碧年龄比姜花妹还小两岁，但资格一点不嫩，她很坦率地对年苏声说："真神面前不说假话，我们这种干三陪的，全靠夜里做生意，喝咖啡像喝白开水，靠它吊精神啊，等下半夜躺到床上往往睡不着了，不吃安眠药咋行，不瞒你这位公安局的同志说，我是夜夜临睡前吃一片安眠药的，一吃就睡得死过去一般，打雷也不醒。昨晚的事我真的一点不知道，早知道花妹要遭一劫，我说啥也不吃安眠药，咳，这该死的安眠药！"小碧拿出一瓶安眠药要摔，年苏声制止了她。他取过一看，确实是安眠药，且只剩下半瓶。年苏声把安眠药还给小碧后，又问她，知不知道姜花妹有没有现钞、存折，与金银首饰等。

小碧似乎一阵紧张，她的手不自然地捏着衣角，想了想说："现钞有没有我不清楚，即使有也不会多。花妹她赚了钱好像都存银行的，有时也寄点回麻城老家。首饰我记得有金项链、金手链、

真假爱情

金耳环，还有一只嵌宝的金戒指……"

年苏声觉得小碧的话基本上是可信的，只是她为什么那样紧张，是不习惯这种问话方式，还是有其他原因？年苏声悄悄地打了个问号，只是没对别人说。

年苏声通知银行给姜花妹的存折挂失，可银行来电话说，上午一开门就有人来把姜花妹的存折6万元钱全领了。来者持有姜花妹的身份证，说是姜花妹突遭车祸，在医院抢救，急需这笔款……

案情开始明了了，看来犯罪嫌疑人是来劫财的，他杀害姜花妹后又偷走了姜花妹的存折与身份证，抢先一步冒领了巨额存款。

幸好工商银行有闭路电视监视器，年苏声仔细认看了冒领巨款的人，此人戴着一副茶色镜，取款时装着咳嗽，一直用手帕捂着嘴。尽管这样，还是能看出这位冒领巨款的犯罪嫌疑人满脸横肉，身体壮实得像头牛，完全具备一棍击杀姜花妹的身体条件。看来，侦破豪门凶杀案，查清此人身份是关键。

犯罪嫌疑人在取到钱后，急急地离开银行，忘了用手帕捂嘴，正好留下了正面较为清晰的面容。经翻拍后，犯罪嫌疑人的照片很快出来了，根据现有资料，初步判定为流窜犯，这给破案增加了相当大的难度。

犯罪嫌疑人的照片刚发出，验尸报告也出来了。经尸检，姜花妹被钝器重力击碎脑壳致死——这些与年苏声的推断基本是一致的。然而，尸检的另外两点结果，又使案件扑朔迷离了，经尸检，发现姜花妹的阴道内有大量精液，显然有过性行为，如果是劫财劫色，最大的可能是先奸后杀；如果是强奸，不太可能在姜花妹穿好了衣服才去杀，这不合常理。唯一的解释是姜花妹认识犯罪嫌疑人，性行为是在姜花妹同意下进行的。这又有两种可能性，其一，姜花妹与犯罪嫌疑人原本认识，有情侣关系或非正常关系；其二，姜花妹与犯罪嫌疑人是卖淫女与嫖客的关系。犯罪嫌疑人借嫖为名，行杀人抢劫之实。

年苏声的思路豁然贯通，案情露出了点大概的脉络。

这样的推断能自圆其说，但仍有一个疑点，或者说仍有一个案情解释不通，那就是姜花妹脸上那淡淡的手掌印。从那手掌印来看，这个抽耳光的人不可能是个五大三粗的横蛮之人，换句话说，与银行那提款的犯罪嫌疑人不大可能是同一个人。这就使案情复杂化了——到底是两人合谋犯罪呢，还是凶杀现场曾出现过两个不同身份的人？

年苏声苦苦思索着，试图破解其中的秘密。

协助通缉人犯的传真发出去后，很快有了反馈信息，苏北盐城公安局来电话说：犯罪嫌疑人叫史大奎，是在逃的杀人凶犯，当地也在通缉他。盐城公安局希望两市警方互通信息，通力合作，早日捕获犯罪嫌疑人。

年苏声觉得破案的突破口终于找到了。只要抓到史大奎，案件一定会真相大白。

常言道"多行不义必自毙"，活该史大奎要出事了，有了钱的史大奎住进了苏州新城花园酒店，那晚他在酒店大堂的吧台上要了瓶法国人头马独自喝了起来,因为是一个人喝闷酒,喝着喝着舌头就不听使唤了。当时,从美国请来的女歌星雪莉·普劳科特小姐在钢琴伴奏下正在唱《我心依旧》,一曲终了,掌声响起。不知怎么,这惹怒了史大奎,他把酒杯往吧台上重重一放,大声说:"屁!什、什么、狗、狗屁歌。唱、唱《妹妹你大胆地往前走》……"大厅的领班很有礼貌地对他说:"先生,你喝多了。雪莉·普劳科特小姐是我们从美国请来的——"

"你、你是怕、怕我付不起钱、钱吧,告诉你,老、老子有的是、是钱。"他摸出一叠百元大钞往吧台上一掷,"唱。不、不唱,我、我废了她!"领班见他这样,只当他喝多了,喊来了保安人员,保安人员劝他回房休息,他还摇摇晃晃地说:"我没、没醉,我、我还要、要喝!"保安见他醉成这样,两个保安想架着他回房,谁知两保安把他的胳膊一架,他误认为是逮捕他,突然挣脱保安之手,拎起酒瓶在保安头上猛砸一下后夺路而逃……

下边的事不用细说了,最后他被拘留了。由于他的行为反常,警官多了个心眼,一查发现他就是通缉犯史大奎。

史大奎倒也爽气,酒醒后竹筒倒豆子般一五一十全讲了。

史大奎的交代使年苏声大出意外。

史大奎说:因出逃在外,身无分文,一早就在娄城大街小巷转悠,想寻找目标,弄点钱花花。在经过杨花街豪门发廊时见门虚掩着,我就闯了进去,我拧亮手电一看,好家伙,一个姑娘刚被杀,人还热着呢,死人我见过,人我也杀过,倒也不怕,我想来了哪有退出去的道理，有钱没钱，寻它一遍再说，搜到钱，算我运气，警方一定怀疑杀人凶手偷的抢的，怀疑不到我头上，搜不到钱，顺手牵羊捞几样东西也好，反正贼不走空吧。钱我一分也没翻到，一定是杀人的那位老兄先下手了，我只找到一张存折，一看六万元，高兴得我跳起来，我知道光有存折，没身份证不行，所以又翻了起来，翻了个底朝天，才在枕头下一本《性学大全》里翻到。出了门，我就到银行等开门，我怕晚了，警方发现死了人，一挂失我手里的存折就成废纸了。

存折是我拿的，钱也是我领的，我不赖。不过，人不是我杀的。

"你要老实交代，不许避重就轻。"年苏声很严厉地说道。

"我怎么不老实，我杀一人是个死罪，杀两人也是个死罪。我赖掉一个有什么用。好、好好，你们说是我杀的，就算是我杀的，是我掐死了她，又抢了钱，你们满意了吧。"史大奎满不在乎的样子。

史大奎下去后，年苏声还在想着这案情。他倾向于相信史大奎的供词。因为从姜花妹的存折看，她最后一次存钱是半年前。也就是说，姜花妹身边应该有一两万元现钞。如果史大奎确未拿到这笔现钞，那么十有八九是杀害姜花妹的凶手拿走了。

眼看着案子要破了，线索反倒断了，抓了个史大奎，竟与案件关系不大，至少不是主要罪犯。那么杀姜花妹的又会是谁呢？

年苏声决定再找小碧了解一下情况，诸如姜花妹平时主要与哪些人往来，有没有男朋友等。谁知这小碧已不知去向了。

年苏声就找豪门发廊隔壁的伊人花店询问情况。花店女老板提

真假爱情

供的一个信息很有价值。女老板说，最近连续看到一个广东口音的小伙子来找姜花妹，小伙子人长得清清秀秀的，但不知为什么姜花妹不爱见他，老避着他或撵他走。据女老板回忆，姜花妹临死前一天下午，那小伙子还来过，两人说着说着几乎吵了起来。

好，太好了，这太有价值了。

"说，你说，他们为什么吵？"

"这就不清楚了。我自己也要做生意，哪有工夫去听别人吵架。"女老板爱莫能助的样子。

"再想想，或许听到一句半句的。"年苏声竭力启发她。

女老板想了半天说："好像那男的要姜花妹去东莞。"

"去东莞什么地方？"年苏声感觉到要抓住什么了。

"不知道。"女老板摊摊手。

突然，一道灵感掠过年苏声脑际，这东莞小伙子一定要住宿，对，查一查各饭店、旅店、招待所，在姜花妹被杀前几天，有没有东莞小伙子来住宿过。

调查很快有了结果，在离豪门发廊一站路的北门街电表厂招待所，有一位叫郁小军的东莞人来住过，填写的单位是广东东莞市金龙集团保安部。太好了，踏破铁鞋无觅处，得来全不费功夫。

一个电话打到东莞的金龙集团，回答说有这个人，是他们公司的专职保安人员，不久前他请假去江苏娄城，说是接女友到广东来完婚，前几天回来过，回来只一天，又走了，说是回老家。

郁小军的老家也是湖北麻城，如此说来，郁小军是想潜回麻城老家避风头去了。

　　事不宜迟，年苏声立即带人驱车直驶湖北麻城。可惜，还是晚了一步，等年苏声赶到时，郁小军已服毒自杀，气得年苏声恨不得再揍一顿郁小军。混账，你有本事杀人，怎么没勇气面对法律呢？

　　哭得泪人儿似的郁小军母亲交给了年苏声一封信，只见上写"娄城公安局　收"。

　　年苏声没想到这是郁小军的一份交代。据郁小军交代，他与姜花妹从小青梅竹马，他参军前，两人订了婚。在麻城乡下，订了婚，姜花妹就等于是他们郁家的人了。郁小军参军后，姜花妹因不堪乡下的贫困，外出去了江南的娄城打工，一去就没了音信。郁小军在东莞当兵，复员后就留在东莞打工，他打算积了一笔钱后就来迎娶姜花妹，郁小军通过姜花妹父母，知道姜花妹在娄城豪门发廊，写信来，可一封也没收到回信，到底是地址有误呢，还是花妹她变心了？郁小军不放心，专门请了假赶到娄城。他在东莞已给姜花妹联系好一工作单位，他想只要找到姜花妹，一定劝说她到东莞。

　　郁小军在杨花街找到豪门发廊后，姜花妹极其冷淡，爱理不理地说："我不会再回到麻城去受穷了，我也不想去东莞，你走吧。"

　　郁小军在东莞打工也好多年了，他见姜花妹穿得如此露骨，又是豪门发廊的女老板，对未婚妻姜花妹的营生已猜到了几分，他的心在滴血，他觉得无论如何要带她走，不能让花妹在堕落的路上越走越远。

　　姜花妹被杀的前一天下午，郁小军又来找花妹。花妹向他摊牌

真假爱情

说已在娄城有了相好,已准备在娄城成家。

两人不欢而散后,郁小军一夜没睡着。他没想到当年清纯可爱的花妹会变得如此无情无义,他实在不忍心花妹走这条作践自己的路。因为睡不着,天未亮郁小军又摸到了豪门发廊,他敲着门,想进去再与花妹谈一谈,不知是花妹睡死了,还是不想再见他,反正不来开门,本来心绪不好的郁小军把门越敲越响,终于,门开了,花妹没好气地说:"叫你不要来找了,不要来找了,怎么又来了。"正这时,郁小军发现发廊的另一扇门突然开了,一个黑影豹窜般而去。

"谁?"郁小军是当过兵的,马上意识到情况有异,他要去追那黑影人,姜花妹见此,一把抓住郁小军说:"你眼花了。"

"你、你是不是在做那种事?"郁小军厉声责问。

"做不做关你什么事,你是我什么人?"

"你——不要脸!"郁小军忍无可忍,扬手给了姜花妹一记耳光。

挨了一记耳光的姜花妹转身去拿了一把剃须刀向郁小军乱舞着,逼他出去。

男人其他事可能还忍得下去,这事郁小军能不冲动吗?郁小军极为愤怒地说:"不行,今天,非把这事讲讲清楚不可。"他不顾姜花妹挥舞的剃须刀,硬是不肯出去,还硬往姜花妹睡觉的房间闯,他要看看清楚到底是怎么回事,他要逼她悬崖勒马,回心转意。

此时,姜花妹表面上极凶,内心虚得人都快支撑不住了。她怎么也没想到郁小军会在天未亮时来敲门。他回不回老家去讲,这也顾不得了，反正自己也不准备再回乡下去过了，可天未亮在这儿推推搡搡的，万一被联防队见了麻烦就大了，关个一两个星期不去说，那罚款吃不消。一罚款，岂不全白干了。因此她只希望郁小军早早离开，只要他这会走了，天亮再来，姜花妹就不怕他了。

店堂里电灯未开，黑暗中姜花妹神经质地挥舞着那把磨得刀口铿亮铿亮的剃须刀，语无伦次地说："你走，出去！这刀，划花你脸，割掉你喉咙，割断你，割断你……"

郁小军不信姜花妹真会划花他脸，割断他喉咙，他只本能地用手臂挡着。姜花妹不信郁小军会迎着她的剃须刀往里闯，只要能逼他走，管他呢！姜花妹机械地乱舞着剃须刀。那刮胡子的刀好快，郁小军的手背上、手臂上被划拉出了好几条口子，鲜血直流。郁小军被刀伤之痛再一次激怒了，他没想到做错了事的姜花妹不跪在地上苦苦向他哀求原谅，反而凶神恶煞地如此对待他，是可忍，孰不可忍。他一边退，一边寻找着回击的家伙，正退时，摸到了一根撑住大门的手臂粗的圆木。姜花妹又逼上来了，这一逼，加之鲜血使郁小军丧失了理智，盛怒之下，他高高举起那圆木，用尽自己平生之力，狠命砸在了姜花妹太阳穴上方，姜花妹连哼都没哼一声，像面粉口袋似的软软地倒在了地上，发出沉闷的倒地声。开始郁小军还没反应过来，他还举着木棍，呆呆地立着，半晌，见姜花妹没动静，才意识到可能不好，他摸到姜花妹的手，没有脉搏，再把手放到鼻子下，也没鼻息……死了，难道就这一下死了，郁小军无论如何不敢相信这是事实，可残酷的事实摆在了他眼前——我杀人了，我闯祸了，我犯罪了！郁小军慌了，一种求生的本能使他一刻也没敢停留，急急赶到公路上，拦了一辆苏北去上海的长途夜车逃到上海，又从上海逃到了东莞……

年苏声的眼光落在了郁小军那份材料的最后几行字上："我郁小军本质并不坏，我从没想到过杀人，我只想打工赚些钱，摆脱贫困，然后娶个女人，生个孩子，平平安安过日子。做梦也没想到姜花妹会堕落到如此地步，我也会成为法律不容的杀人犯。我早晚是个死，还是我自行了之吧。我走后，到阴曹地府也要劝住花妹，咱农民的后代，咋能做那种伤风败俗的丑事呢，咳，叫我咋说呢，她有罪孽，我也有罪孽，我准备陪她一起下十八层地狱……"

年苏声办案十多年，第一次心里堵得慌，只觉涩涩的，好不是味。

案子至此，已几乎真相大白，也可以结案了。但年苏声心里依然不踏实。他觉得尚有一个疑点无法解释，即姜花妹的现钞呢？按常理，她应该有一笔不小的现钞积着，郁小军失手打死姜花妹后，不可能再有胆量与时间去翻找现钞，史大奎又没偷没拿，那么钱呢，难道不翼而飞了？照目前的资料与案情分析，小碧是最大的嫌疑人。如果她没拿，为什么开溜呢？这不是心虚的表现吗？马脚多少露了点出来。

不管是不是小碧拿的钱，查，查不出不结案。"一定要百分之一百查清楚案情，才能结案。"年苏声对自己说，他揉了揉几夜没好好睡的眼睛，抖擞起精神又忙开了。

匿名信

在娄城，只要一说大院子，连平头百姓都知道，指的是市委、市政府、市人大、市政协四套班子所在地。其实有经济实力的部委办局早搬出去自造大楼，自成门户，搞起了大而全。当然，剩下的单位也不少。

一

A局的打字员小韩这天因要赶打周局长的发言稿，吃了饭就早早来到了办公室。开门时，他见门把上插着一封信，一看信封既没收信人名字，又没寄信人落款。

怪了，谁的信？

真假爱情

难道是谁给我的求爱信？

不会吧，古人云"窈窕淑女，君子好逑"，哪会有女孩子主动给男孩子写求爱信的，再说，我只是个打字员，交桃花运的可能性实在不大，不过，小韩还是激动了一阵，拿了信，迟迟没敢打开。

这封信我该不该拆看呢，小韩拿不定主意。进机关这几年，他深知机关比学校不知复杂多少倍。在机关，不该你看的你看了，不该你听的你听了，不该你说的你说了，都会惹来意想不到的麻烦。最好的办法，不该你知道的你少知道，或者知道了只当不知道。理是这个理，可这信不看心里总痒痒。这信未注明谁收，理应谁拆都是可以的，既然放在打字室的门把上，我拆了也是合情合理的。倘若不是我的，我还过去就是，说不定还真是给我的呢。想到此，小韩决定拆。

此时，小韩被一种好奇心，被一种一探秘密的心理支配着，他迫不及待地拆了信，看了起来。

这信不看还罢，看后吓了他一跳——竟是一封匿名信，一封揭发郑副局长与局办公室副主任贡美云有权色交易的信，这封信是由电脑上打出来的，一字一句清清爽爽。每一字，每一句都在小韩眼前跳跃，刺激得他直想大叫一声。

如果此信内容写美国总统克林顿性丑闻或香港某明星风流艳事的，小韩不会有太多的热情去关注，那些毕竟离他的生活太远了些，可这封信的内容写的是郑副局长与贡美云副主任之间见不得人的丑闻，这多刺激人。要知道，这两位都是他小韩的顶头上司，是抬头不见低头见的领导。

小韩做梦也没想到信的内容会是这样的。他一字一句又重读了一遍。

各位领导、各位有正义感的同志们、朋友们！

今天，我怀着对党、对人民负责的态度，十分郑重十分严肃地向大家揭发Ａ局郑副局长与局办公室副主任贡美云之间肮脏的权色交易勾当。这对狗男女表面上正人君子，以正派正直的伪善面貌欺骗大家，其实，骨子里下流无耻，满肚子男盗女娼。两人早就勾搭成奸。想想吧，一个年过半百的所谓老革命，搂着一个如花似玉的二十多岁的少妇，这多卑鄙，多不堪入目。

在这场色权交易中，到底是郑局以权来换贡美云的色，还是贡美云在用色来换权，这是纪委等有关方面的事，姑且不论。但权色交易是客观存在的，赖是赖不掉的。在这场权色交易中，贡美云用她的肉体满足了郑局的淫欲，郑局用手中的权力，把一个工作不久的贡美云，先是拉入党内，继而又不顾德才兼备的用人标准，硬是把无德无才的贡美云提拔为局办公室副主任。

尽管他们两人善于伪装，但若要人不知，除非己莫为，狐狸再狡猾，总会露出狐狸尾巴的。谓予不信，请看事实（附郑局写给贡美云的信）。

真假爱情

看了这封肉麻下作的信,他们两人的丑恶之事也就大白于天下了。

我们强烈要求上级领导查处这一对狗男女,把这两人清除出党,以维护党组织的纯洁。

知名不具

小韩想这位"知名不具"的人会是谁呢?

他猜不出。

郑副局长与贡副主任有一腿,我怎么以前一点不知道,看来我阶级斗争的这根弦绷得太松太松。

对于这位"知名不具"者的信,小韩是将信将疑的,所以他赶快把证据——即郑局写给贡美云的信细细读了一遍,这是份复印件,看字体与郑副局长的字有几分像。信是写在白纸上的,涂涂改改,给人匆匆忙忙,一气呵成的感觉。

美云我的亲亲、我的宝贝:

见信如见人。老话说"一日不见,如隔三秋",我以前以为此乃诗人夸张,现在有了切身体会,方知这种描写是何等入木三分,想来你也有同感吧。

我是多么多么想与你朝朝暮暮相处,天长地久一起。自见了你后,我黯淡的爱情生活为之一亮,自有了你后,我的生命为之一振。我对其他女人都没了兴趣,我可以向你保证：任何其他女人都诱惑不了我了。

我白天想你，夜里也想你，梦里也想你，想到与你在一起时的乐趣，想到那销魂的时时刻刻，至今我还沉浸在那种巨大的幸福之中。

你给了我其他任何人都没有给过的感觉与情感。有了你，我才知道，以前的爱情，狗屁，以前，我真是白活了。

你的付出，不会白白付出的，相信我是真心的，我会尽我的能力回报于你。

我曾无数次想过：我要那局长的头衔干啥，我要那累人的假面具干啥。我真想不顾世人的俗见，勇敢地与你手挽手，到公共场所去走一走，让全世界都知道，我们是对爱情鸟。可这不可能，无形的束缚实在太大，无形的压力实在太大，现实就是这样，社会就是这样，我们必须面对现实。

你受委屈了，我的心肝。我一定会设法让你担任办公室主任的，到了那时，我就可以名正言顺地带着你去出差，去没有人认识我们的地方去共度鸳鸯梦。

你再忍一忍吧，我决不食言，食言天打雷劈。

云，那天我批评你，训斥你，是做给局里其他人看的，既然生活逼迫我们充当这样的角色，我们必须把戏演得逼真些。我想你是能理解我，原谅我的吧。

真假爱情

　　想你，爱你，吻你！
　　一个永远永远把你当爱神的男人
　　　　即日

　　小韩自出娘胎以来还是第一次看到如此肉麻、如此露骨、如此厚颜无耻的所谓情书，看得他触目惊心，心惊肉跳。

　　这信真的？

　　这信假的？

　　不会假吧，郑副局长的信是复印件，怎么可能假呢？那口气也像他，至少完全符合他现在的身份与处境。

　　若真的，那实在太可怕了，知人知面不知心，向来一本正经的郑局原来全是假正经，难道真是哪只猫儿不偷腥？

　　小韩意识到这将是一则爆炸性新闻，也许出不了三天，大院子就会传得满院风雨，无人不晓。这种事，爱传爱听爱信的人多着呢。

　　小韩提着那信，像提着奇货可居的宝贝，他想如果告诉局里其他人，他们必一个个瞪大了眼睛，听得一愣一愣。

　　不行，郑局长、贡美云与我小韩无冤无仇，我何必去充当这小广播呢。好事、喜事传传也罢了，这等事，涉及两个人的名誉，甚至政治生命，关系大着呢，算，只当不知道。

　　小韩想不通，为什么把信放在我打字室门把上，是不是想借我之口作义务宣传？

　　想到了这一层，小韩警觉了。

警觉了的小韩又想到了另一个问题。若郑局给贡美云的信是真的，如此要紧的信，咋会落到"知名不具"者手里。是当事人不慎掉的？是知名不具者设法偷的？按常理分析，这样保密级的情书，郑局与贡美云谁都会小心而又小心，断不至于乱扔乱丢的，就算丢了掉了，上面没名没姓的，凭什么断定写信人是郑局，收信人是贡美云。又怎么可能巧不巧就让熟悉郑局又熟悉贡美云的知名不具者捡到呢。这过于巧了，过巧就失真，就不足信。如此说来，最可能的解释就是，此信是知名不具者通过某种非正常手段获得的。而此人，十有八九就是 A 局之人，并且是与郑局或贡美云有矛盾的人，以此匿名信来搞臭搞垮郑局与贡美云副主任。一想到此，小韩顿时不寒而栗。太可怕了，A 局竟然有这样的人，这让人有一种心惊肉跳的自危感觉。与这样的人共事，就是处处火烛小心，也可能防不胜防。

小韩甚至觉得这个知名不具者比乱搞男女关系、腐化堕落的郑局与贡美云副主任更让人厌恶，让人反胃。

小韩决定把这信压下，听听风声再说。

小韩觉得自己像长了几岁。

二

周局长在一天之内收到了七封匿名信，都是局里各部门各科室交上来的。

周局估计这信远远不止十封二十封，只是有些部门有些科室未交上来罢了,他还不敢肯定这信大院子里其他单位传了没有,如传了,这事就算闹大了,就属纸包里的火,包不住了。

周局长一见这匿名信,第一个反应是:会是谁写的呢?

周局认为此事涉及个人隐私,不宜大张旗鼓地查,他也不想大张旗鼓地查,他只想大事化小,小事化无。倒不是他周局想包庇郑局长、贡副主任,他只想图太平。你想想,A局出了这样的丑闻,A局的一把手难道一点责任没有,至少失职吧。"家丑不可外扬",古来如此。

周局不愧是老练的局长,他迅速想出了三点:一、把知情者范围缩小到最小的范围内,关照已知的不得外传,谁传谁负责;二、悄悄地排队摸底,查出谁是知名不具者;三、请有关方面鉴定,那封情书是否为郑局亲笔。

周局连局纪委书记也未告知,一个人开始了破案工作。

按周局的逻辑推理,这位知名不具者须具备四个条件:一、能接触到四通打字机或电脑,或者家里有电脑,本人会电脑打字者的嫌疑更大,因为这类信让外人打的可能性不大;二、要能捡到或能拿得到郑局情书的;三、与郑局与贡副主任有矛盾或私怨的;四、通过这事他能得到某种好处的。

周局很快排好了一份名单。

局党委姜书记

局纪委陶书记

这两个名字最早被周局否决排除了。两位书记职级职务比郑副局长高，要弄他完全没必要用这种下三烂的手法。

魏调研员

局工会金主席

这两位都是老同志，退都快退了，做这事犯不着，也不符合他俩的身份——否定。

局驾驶员小华

局驾驶员小严

这两位驾驶员属重要怀疑对象，如今的驾驶员有几个是善客？有些驾驶员掌握了领导不检点的这事那事，要挟领导的早非新闻。郑副局长与贡副主任常乘小华、小严的车，难免没有个磕磕碰碰的时候，若气量小些，记了仇，发展到写匿名信也不是不可能，而且这信落到驾驶员手里，也最能使人信服。驾驶员文化层次低，使用匿名信攻击对方，以发泄不满，也最解释得通。不过，按小华、小严的文化水平，那信打死他们也写不出来的，他俩又不会电脑，家里也不可能去买电脑，如此说来，也可排除在外。

……

真假爱情

排来排去，周局把怀疑的目光注意到了打字员小韩身上。

小韩与贡美云年纪相仿，会不会他曾追求过贡美云，遭到贡美云拒绝，伤了他自尊心，怀恨在心，这次抓住点把柄大做文章，以泄私愤，这个推测能站住脚，周局想。

小韩是打字员，他用四通打一封信是轻而易举的事。按这个推理，小韩似乎该列为第一号嫌疑人。一、有目的有动机；二、有条件这样做；三、有人见到发现信那天，他是一吃了饭就来大院子上班的。除开这三点不算，更值得怀疑的是，其他部门、其他科室当天都把匿名信交了上来，他是三天后交来的，为什么当天不交呢？这值得打个问号。记得那天他来交时，问他是哪天收到的。他说本不想让别人知道，所以这信谁也没让看，这事谁也没外传，后来听说其他部门都交了，自己放着不妥，也就来交了。

这理由能成立吗？是不是有点此地无银三百两的味道呢。

周局假设若真是他小韩，那又该如何处理呢。周局到目前为止还不清楚小韩到底知道多少，如果仅仅手里有这样一封信，那么说明他并不知道多少，只是据信推测而已。

一个小小的打字员，要动他是不难的，难的是如何封住他的口。若把他一开除，他横下心来对着干，又不是造谣瞎说，又不能告他诬陷，到那时反而更麻烦。最头痛的，听说这小韩是有点背景的，听说他家与县委吕副书记是同一乡镇的，两家是邻居，同一个水桥淘米洗菜的，要没这层关系，怎么可能介绍到A局来当打字员呢。俗话说"打狗看主人"，若真要动他，吕副书记的面子也不能不顾。两全之计，还是放眼皮底下好管束，警告警告他，让他感到些压力，就此罢手，可以不动他，先记在账上再说。

三

小韩不明白，周局为什么要找他，为什么要问他那些事。开始他以为匿名信交了就没他的事了，但现在看来并非如此。

小韩总觉得周局找他谈话时那眼神怪怪的，那种不信任、不相信的成分，小韩隐隐约约能感觉出来。

"你为什么要把信交给领导？"这问题问得好奇怪。那天交信时不是都对你周局长讲了，莫非不相信我说的，莫非这信是打印的，就怀疑是我小韩散发的匿名信？

常言道"白天不做亏心事，半夜敲门心不惊"，又不是我写的信，我怕啥。不大了，一起上法庭。我小韩也想知道"知名不具"是谁呢。

小韩觉得周局问得最蹊跷的是那句话："你对贡副主任的事还知道些啥，知道啥就说啥，我当领导的不会怪你的，如果你领导面前不说，到外面乱说，这就不好了，你知道该负什么责任吗？"

为什么周局不问郑副局长而问贡副主任，这是否另有文章，或暗示什么？

管他呢，反正我什么也不知道，不知道就是不知道。小韩很坦率地说："关于贡副主任，我知道的就信上那些，其他真的不知道。

关于郑副局长,我知道的也只是信上那些。我拿到匿名信都没给任何人看,我怎么会到外面去说呢。"

"不说就好,不说就好。"周局赞许了几声后,又问道,"小韩,你对贡副主任这人印象如何?有好说好,有孬说孬,不必顾忌,直说。"

小韩越发觉得奇怪了,今天周局长怎么了,为何老是盯住问贡副主任的事呢。

说实在,小韩对贡美云的印象实在不咋样。记得刚到 A 局时,贡美云还是办事员。曾有人对小韩开玩笑说:"你们两位年纪般配,相貌般配,工作般配,倒是一对儿的人选。"

小韩当时怎么回答的他忘了,但或许有这一说,他注意上了贡美云,这一注意,他发现贡美云实在与他不般配。他知道贡美云的理想大着呢,怎么可能看得上他一个小小的打字员,从这以后,小韩对贡美云敬而远之,不再关心贡美云的是是非非。当贡美云被提拔为办公室副主任时,别人议论这,议论那,唯独他小韩未插嘴,他知道,贡美云的志向绝不在一个办公室副主任。

小韩在机关干了这几年,也多少了解了几分机关。他深知办公室一般是领导的嫡系,特别是女性办公室主任、副主任,往往有其不一般的公关能力,往往深得主要领导欢心。在领导面前对他们说三道四,简直就是自己与自己过不去,因此小韩只说了这样一句:"噢,她能力挺强的,我不如她,远远不如她。"

周局长见小韩嘴挺严的,知道再问也不会问出什么,就草草收场。结束时，他对小韩说："以后若听到有关贡副主任的事，要及时向我反映。"

小韩断定，这贡美云肯定不干净，要不周局长反复问干啥。

小韩并不嫉妒贡美云短短几年就从办事员升为办公室副主任，不过假如贡美云真有这类权色交易的丑事，因此而摔下来，他小韩还是开心的，不知这叫不叫幸灾乐祸。

四

贡美云的先生卫东海收到一封署名"一个关心你家庭的长者"的信，当他把信读完，当他见到了那落款"知名不具"的打印信，以及郑副局长写给贡美云的情书，他简直不相信自己的眼睛，他只觉得火从脚底心蹿起，从头顶心冒出。什么叫晴天霹雳，此时的卫东海就有晴天霹雳的感觉。他万万没料到自己的妻子贡美云会背着他如此不检点。说实在，卫东海已忍了她很久了，贡美云在家从不把丈夫卫东海当回事，讽刺几句，挖苦几句，训斥几句，痛骂几句都属家常便饭。在她眼里，卫东海就是比她低一档次。自她升了办公室副主任后，就更不把卫东海放眼里，有时为一点鸡毛蒜皮的小事，无名火大发，指着卫东海说："你算什么男人，混了这几年，还是个大头兵，你不害臊，我还替你脸红呢。"

每每触到这根痛经上，卫东海就无话可说。卫东海刚工作时也曾雄心勃勃，但单位里的那些是是非非，看得他心都冷了。他迷上了酒,借酒浇愁,谁知正应了一句"借酒浇愁愁更愁"的古话。

今天,卫东海刚好喝了几盅,酒色开始上了脸,他把酒杯猛一摔,抓住酒瓶发疯般喝了几口:"好你个贡美云,原来你是这等货色,你竟还有脸在我面前装能,看我不揍扁你这个下贱女人。"

卫东海喝酒助胆,准备狠揍一顿贡美云。你给我绿帽子戴,我揍你一顿算是轻而又轻的。要叫她交代,要叫她保证。看她下回还敢不敢用那种口气与我说话。

卫东海已七八成醉了,喝着喝着他哭了起来。他骂自己窝囊,骂自己没用,拴不住老婆的心。老婆在与他的上司偷情,自己还蒙在鼓里,要不是这封信转过来,自己这顶绿帽子戴了还不知颜面扫地呢。

突然,卫东海想到这样一个问题,这封信是谁转寄来的?他为什么转寄来?

卫东海极力想从纷乱的思绪中理出个头绪来,但喝过酒的他,头有些晕,有些痛,思维搅来翻去,还是糨糊一盆。

贡美云终于回来了,人未到跟前,那高跟鞋声音先传过来,香水味先飘过来。以前,卫东海只要一闻到贡美云身上那撩人的香水味后,被她说几声,骂几声也就不放在心上了。但眼下,这香水味不再撩人而是呛人,一想到这香水她可能是为那个奸夫喷的,心里就恶心得慌。

"贡美云,你给我站住,你得老实交代,你做了哪些对不住我的事,说!"

"你灌马尿灌昏了头,竟然敢用这口气来与我说话,你当你是谁呀。你是市长?是市委书记?撒泡尿照照再说话。"贡美云根本不吃卫东海这一套,一顿呛白脱口而出。

她哪里知道,今日的卫东海,已非昨日的卫东海,有了那信,他底气陡增,那酒气混合着的胆气使他变了个人似的,他把酒瓶朝桌上用劲一砸,那茶色玻璃台板顿时粉身碎骨。

"你疯啦,姓卫的,我告诉你——"

贡美云原想臭骂一顿卫东海的,可她马上察觉到今天卫东海的眼神不对劲,与平时完全不一样,那眼中不仅仅有怨气、凶气,还隐隐透出一股杀气。这是怎么啦?以前可是从未见过的,难道卫东海今天吃了豹子胆,或者醉得连一家之主的家主婆也不认识了?她第一次在丈夫面前有了一丝胆怯。她没见过卫东海发脾气,但她听说过老实人轻易不发牛脾气,一旦犟劲来时,谁也拉不住。贡美云担心酒后的卫东海发脾气会做出不理智的事来,犯不着与他硬干。再说,今天丈夫为何发恁大的火,她一点摸不着底,知己知彼,百战百胜嘛。对,缓一缓空气,探一探底再作打算。

贡美云立时换了一副脸,柔柔地说:"东海啊,看你又喝多了,来,到床上躺一会,我陪你。"

"陪我?算了吧,你陪你的上司还来不及,还会想到陪我。"卫东海一阵冷笑。

贡美云兀自一惊,犹如被人一下推入万丈深渊,那感觉是一个劲地下沉下沉下沉。

真假爱情

贡美云在下沉的过程中，本能地一抓，她意识到抓住了什么。她极力使自己慌乱的心镇静下来，依然柔柔地说："东海，这种玩笑话我们小夫妻间说说无妨，万一传到外面，要告你诬陷罪的。"

"诬陷？我会诬陷人，我怕人家告我诬陷？我不告他以权谋私，以权谋色，已经是便宜了他。他来告我？好，我等着呢。灰孙子不来告。"

贡美云已听出了丈夫的话中之话，她最担心的事终于要发生了，只是觉得来得太快了些。牌，早晚是要摊的，既然丈夫摊牌了，贡美云反倒冷静了，她不相信卫东海能有多大能耐，他也不相信卫东海会把她怎样。夫妻这几年，她自信丈夫几斤几两，她心中有数。

"你在说谁呀，叫我摸不着头脑，有话直说，绕什么弯子。"

嘀，好一副不在乎的样子，倒像是她占了理似的，一点悔恨悔改的表现也没有，卫东海确确实实忍无可忍了，他把那信用力往贡美云面前一摔，铁青着脸说："你做的好事，你自己看吧！"

贡美云不知丈夫捉着了什么证据，神气一下萎了许多。嘴里却说："外面的话听得信得吗，你信老婆还是信外人？"贡美云边说边过来取那信，她吃不准什么信落在了丈夫手里。

不知哪根筋起了作用，就在贡美云的手伸向那信的一刹那，卫东海眼疾手快，一把抢过了信。说："我要你交代，你交代，你与你哪位上司搞了哪些见不得人的丑事？"

"你不满意，可以离婚，说那么多废话干什么。"贡美云结婚以来，一向是站在上风头的，哪有像今天这样让丈夫占上风的，她低不下这头。反正她也没有同卫东海白头偕老的思想，所以她不在乎散不散。

"离婚，说得轻巧。现在还没离，我有权让你说清楚。"卫东海血红着脸，一步步逼近贡美云。

"你想打人哪。"贡美云身不由己地向后退着，退到书桌时，她抓起一个花瓶说，"你再逼我，我就砸了。"

"砸你老公，好，砸吧。你老公头上的绿帽子是想见见血，染染红呢。"

卫东海想，我没揍你，你反要砸我，这世界不颠倒了吗？难道偷汉子偷出了胆。

贡美云见丈夫苦苦相逼，对丈夫的鄙视，加之今天的憎恨，促使她举起了花瓶，砸向了卫东海的额头……

五

事情终于闹大了——郑副局长的妻子俞柔柳服毒自杀，并留下遗书一封。

遗书是这样写的：

伪君子！伪君子！！伪君子！！！
你欺骗了我，你欺骗了我的感情！

真假爱情

我恶心，恶心透了！

天底下没有比这更丑恶了。我不知道倒也罢了，我知道了，直想吐。我怎么可能再与这样的人同枕共眠呢。

我不想看着他出丑。

我更不想陪着他被人们羞辱。

这是让我干干净净、清清白白地去吧。

俞柔柳　绝笔

在这封绝笔信边上，一只搪瓷盆里有一小堆烧过的纸，显然是烧掉了什么信。

俞柔柳烧掉的是什么信呢？她为什么要烧掉呢？

郑副局长百思不得其解。

贡美云心知肚明，但她没响，她也不想让丈夫卫东海知道。幸好砸破了头的他正在家休养，不上班的他消息来得不会很快，贡美云稍稍放了几分心。

周局因为看过了那些匿名信，他已猜到了俞柔柳烧掉了什么信，也猜到了她为什么要自杀。

谁这么缺德，把匿名信寄到了郑副局长老婆手里呢？这一着棋太狠，借刀杀人，一石二鸟。

周局内心明白，A局是待不下去了，他向市组织部写了请调报告，并向市委书记写了检讨书，检讨了自己的失职。他知道，自己这样争取主动，无非挪个位。闹好了，还能挪个好位子呢，反正A

局也没什么好留恋的了。

他知道，不管公安局最后查出的结果是什么，郑副局长他与贡美云的政治生命从此算是冻结了。

他为郑副局长可惜，也为贡美云惋惜。

周局一直关心着案子的进展。不过从内心讲，他希望案子不了了之，他深知，有些事，愈搞不清愈好办。

真假爱情

面对诱惑

"干！"

"干！"

在叶局长的劝酒声中，第四瓶五粮液瓶底朝天了。一桌上这几个，少的喝了四五两，多的已七八两了，一个个开始舌头大了，话儿多了。

其中话最多要数强大队长。强大队长是联防大队的，他肚里的故事最多，也最有味道，常常让他们笑得前仰后翻的。

这不，强大队长又在说稀奇古怪的案子了——前不久扫黄扫到某路边店，逮了一个姓蒯的司机，是当场在床上活捉的，这位蒯司机正在与老板娘风流快活时，被一丝不挂地拎出了被窝。老话说"捉奸捉双"，在床上当场逮住的，这嫖娼罪，够罚他个三千五千的，关他个十天半月的，所以都是讨饶的多。不想这蒯司机好似吃了豹子胆，或者说头上出角的，他竟一脸不服，被狠揍了几下才老实了几分，最后他说："有人喜欢吃，有人喜欢穿，有人喜欢跳舞，有人喜欢搓麻将，我吃喝穿赌样样不感兴趣，唯对女人有点兴趣，我这一生，就这点爱好，你们还要剥夺我，我这做人还有啥意思？"

审问的一拍台子，大声喝道："还就这点爱好，这事谁不爱好，你问问，大老爷们谁不爱好？"

在场的几个一阵哄笑。

蒯司机哭丧着脸说："爱好也有罪，那我该怎么办呢？"

"怎么办，回家跟你老婆去爱好，你愿怎么办就怎么办，没人问。"

又是一阵哄笑。

不知是蒯司机天生榆木脑袋，还是故意装疯卖傻，他苦着脸说："和家里那黄脸婆干这事，哪比得了路边店老板娘的千分之一，如果家里的黄脸婆也能让我这样销魂，我花这个冤枉钱干啥。"

"好，你说说咋个销魂法，说得老实，少罚你一点少关你几天。若胡说八道，罚得你当了裤子也要凑钱。"

蒯司机想了半天说："这滋味实在形容不出，反正快活死了，快活得死在那里也心甘情愿。"

"屁话！说了等于没说。"

"你们问啥，你们自己去试一试不就全知道了，不怕不识货，就怕货比货嘛！"

"放肆！你想当教唆犯吧。看来你这孽根不去，放出去还要犯错，索性除了你的孽根，一了百了。"

蒯司机一听这话，磕头如捣蒜，喊爹喊爷他都肯了……

一屋子人笑得捂着肚子。

唯独没笑的是叶局长。他在想，自己家里那位黄脸婆与这位蒯司机的老婆没两样。迷迷糊糊中，他仿佛觉得路边店的小妞风情万种地向他走来了。对，蒯司机说得对，试一试不就啥都知道了，不尝梨子怎么知道梨子的滋味。问，问个屁。问来问去，还不仍属纸上谈兵。叶局长甚至有些羡慕这位蒯司机敢作敢为。

自从那天喝酒后，叶局长老是想起那位蒯司机，这小子艳福不浅，竟然玩过两位数的小妞，不就是一个司机嘛。我堂堂一个局长，还不如他，心里不服，也不甘。

叶局长心里有了这个结，机会找上门来了。有次出差去了S市时，刚洗好澡，有个长波浪敲门进来了。长波浪自始至终不说一个钱字，只说："我的服务保你满意，将让你这个原来寂寞无聊的异乡之夜，变得永远难忘。"

这一夜确实让叶局长永远难忘。有了这一夜他才明白蒯司机为什么会那么说了。他弄不懂这长波浪怎么会那么多花样，和她颠鸾倒凤竟然眼一眨就天亮了。比比家里的发妻，用"天上地下"来形容之，绝不过分。怪不得民谚曰"自己老婆，基本不用"，大有奥妙，大有奥妙啊。

叶局长深知后院起火是最可怕最难救的，因而他从此对发妻客气多了，再不与发妻为鸡毛蒜皮的事争吵了。自然，与发妻那种白开水味的例行公事也在敬而远之中越来越少了。

以前，叶局长是怕出差的，特别是Ｓ市，去过不知多少回了，再去，没有丁点儿新鲜感，能叫副手去的他尽量叫副手去。自从有了长波浪后，他心心念念的就是去Ｓ市，只要有机会，他想方设法找理由自己去，但老去总会引起同事的注意，说不定一个不慎就露出了马脚。怎么办呢？

叶局长干脆给长波浪配了部手机，一有空，就打手机让她来一趟，反正叶局长在娄城还有套备而不用的三室一厅，发妻也不知道的，正好派上了大用场。

再说这长波浪，原本是安徽凤阳城郊的一名高中生，因高考落榜，就外出打工挣钱来了，谁知跳了几次槽，当工人都只一个命，除了累死累活地干，还要看老板的脸色。长波浪心里明白，自己没文凭，要想凭本事跻身白领丽人阶层简直比登天还难，可她又实在不甘心一辈子当个蓝领，她一直在寻找着机会。

一次，心事重重的她独自一个人去依梦园咖啡厅打发无聊，坐了半小时后，有一个胖胖的中年人走到她身边说："小姐，你不介意我坐你对面这位置吧？"

长波浪瞥了他一眼，估计是个款爷，心想你们这种有钱人都爱坐包厢的，这儿你爱坐就坐，反正我也不掉啥，就淡淡地说道："随便。"

真假爱情

中年人坐定后，要了两杯咖啡，要了开心果、腰果、话梅等五六碟，还要了一碟草莓与一碟芒果，要了两包口香糖。他把一杯咖啡推到长波浪面前说："喝吧，相逢是缘。两个孤独人相逢于此，更是缘上加缘。我请客了。"

长波浪看他样子似乎不像坏人，心想S市的人不流行一句"有吃不吃猪头三"嘛，吃了再说，总不见得他能把我吃了。

就这样两人喝着咖啡，闲扯着话头，一直坐到将近十二点才分手。分手时，中年人说谢谢你伴我度过了这样一个美好的夜晚，说着摸出一张100元的票子塞给长波浪。

长波浪没想到吃了他的，喝了他的，临了还有100元钱的进账，100元说起来也不算什么大钱，但这钱赚得太轻松惬意了。长波浪甚至想，如果每晚有这样100元赚，还用去厂子里累死累活打工吗？只是哪能天天有这样的好事呢。长波浪出店门时不免有几分惆怅。

中年人仿佛早洞察了她的心思，他突然回过头来说："小姐，如果你愿意，明天我们老时间老位置再见。"他也不管长波浪答应不答应，独自一个人走进了夜色里。

第二天晚上，长波浪准时来了，还特意化了妆呢。

"小姐，你比昨晚靓丽多了。"中年人一见面就这样说。

这种话实在极廉价，只是女人往往爱听。

中年人今晚的心情似乎比昨晚好多了。他说：有的女人化妆化得出，有的女人再化妆也白搭。他对长波浪说，你只要进美容院做一做头发，文一文眉与眼线，再买一身名牌衣服，保证立马换个人样。

长波浪何尝不想这样呢，但钱呢？那美容院是她这样的打工妹随便进的吗，那名牌衣服是她这样的打工妹敢买得吗？长波浪苦笑了一下，没敢接嘴。

咖啡喝到一半，中年人突然问长波浪："想不想去美容院美容一回？"

长波浪瞪着不太相信的眼光看着中年人。

中年人见她没拒绝，知道已说到长波浪心坎上了。他立起身说："走，我请客！"

鬼使神差，长波浪跟中年人打的去了丽丽美容中心，先是美容部，再到美发部，一直做了四个多小时才结束，长波浪一照镜子，乖乖，这不与Ｓ市的时髦女性、新潮姑娘没什么两样了吗？只是一结账，把长波浪吓坏了，要一千多呢，相当于她两个月的工资。长波浪连"谢"字都不好意思说，那一阵脸好红。

中年人付钱时极爽快，好像付一千多元只是从牦牛身上拔根毛似的，一点也没在乎。出了美容中心，又是近半夜十二点了，中年人说："你做了美容，再穿这身衣服就太不相称了，我好人做到底，再陪你去买套衣服吧。"

到了这时，长波浪就像只乖乖的小绵羊，只有跟着走的份了。

中年人似乎想彻头彻尾把长波浪变个样，竟给长波浪从里到外都买了一套，从内衣内裤到胸罩、袜子一应俱全。

长波浪不敢去看多少钱，也不敢问，她只觉得欠这中年人太多

真假爱情

太多，不知如何回报为好。

中年人见长波浪已接受了他的衣服，心里有了底。他叫了出租车把长波浪带到了一幢花园洋房说："走，去坐坐。我的家。我一个人，好闷的。"

中年人说他老婆去了美国，嫁了个有钱的老头，撇下他不管了。长波浪吃不准这故事是真是假，但这幢空荡荡的洋房倒是不虚不假的。

中年人对长波浪说："洗个澡吧，把你以前的衣服全换掉，让我看看你像不像这屋子的女主人？"

这话使长波浪飘飘欲仙，差点忘了自己的真正身份。

那晚，长波浪怀着说不清的复杂心情留了下来，那晚，长波浪因了美容，因了那些衣服，把自己交给了连姓名也不知的中年人，付出了姑娘最珍贵的童贞……

快活的日子很容易过的，半年后，中年人突然连着几夜不回。后来，突然来了几个人，说这房子已抵债抵给了他们，勒令长波浪24小时内搬走，不准带走任何东西。

长波浪说我是这儿的主人，你们怎么像强盗抢？！

那一伙人听了笑得极为放肆，反问长波浪："你算他什么人——情人？小蜜？二奶？见你的鬼，你不过是个暗娼、高级妓女而已，滚吧，滚吧，再不滚，叫联防队抓了关你个十天半个月的，让你尝尝坐监狱的滋味……"

所有的幸福转眼间就如竹篮打水般一场空。长波浪万万没想到自己的工作没了，贞操没了，换来的只是一无所有。她想找中年人问个明白，讨个说法，可到那儿去找他，鬼影儿都不见。

人在这个世上，要吃饭，要穿衣，要睡觉，这些比讨说法更重要，只是再让长波浪回到以前，去过打工妹的生活，她无论如何也不习惯了。既然在别人眼里，我长波浪已是这样了，索性破罐子破摔……

就这样，长波浪彻底堕落了。

长波浪认识叶局长，或者说搭上叶局长，既是偶然，也属必然。长波浪干这行虽说时间不长，但接触的人不可谓不多，在她看来，十个找她的男人，九个半没丁点儿真情，全是发泄，全是玩弄，全是找乐而已。不过她觉得这叶局长似乎与一般嫖客有点不一样，倒不是他出手多大方，而是她多少恋着这份情，不肯轻易割断。据长波浪的经验，大部分来玩的，完事后，钱一付就拜拜了，从此对面碰到也只当陌路人。自然，也有吃回头草的，但无非贪图长波浪青春漂亮，贪图她床上功夫了得，但往往裤子一提就没了情分。长波浪最看不得那些把她当泄欲工具的，那些人一穿好衣服就把钱一扔，即使给得再多，长波浪内心也反感。可叶局长不是这样。这叶局长挺善解人意的，完事后，他总不忘说："跟你在一起，真快活，仿佛再年轻了一次。这些钱给你买些化妆品。"

这话透出些温馨，说得也含蓄，避免了那种赤裸裸的金钱肉体交易关系的语言。

后来，叶局长给她配了手机，三天两头让她应召后，她相信叶局长迷上自己了。长波浪原本并不想做这皮肉买卖的，如今做了虽谈不上懊悔，但如果能跟定某个肯要她的，总比漫无目标地接客好吧。她知道古代名妓从良的也有不少。她一直留心着。这叶局长算是她头一个目标。

自有了这想法后，每每叶局长叫她去时，她用足心思，想尽法儿让叶局长满意，以致这叶局长越来越觉得离不开她了。

攥住他，这次再不能放手了，非得让叶局长娶了我不可。长波浪倒不是存心想做局长太太，她只是想过安定的生活，不想再这样到处奔波，到处看别人的脸色。干这行，钱是好赚，可那受的罪，说出来别人不信，再说常言道"将军难免阵上亡，瓦罐难免井边碎"，万一染上了艾滋病什么的，钱再多又有什么用，长波浪知道自己是属吃青春饭的，而青春是稍纵即逝的，一旦红颜凋零，人老珠黄就不值钱了。趁眼下尚有几分容貌，若能嫁个人，生个孩子，忘记这段不光彩的生活经历，那该多好。

长波浪与叶局长相好这段时间里，没少听他数说老婆的不好，她相信叶局长是半点儿也不爱他老婆的。若是他老婆车祸死了，或得暴病死了，这叶局长非但不会哭，说不定还要买上炮仗放一放呢。只是，车祸与暴病哪会那么容易找上叶局长老婆呢？她老婆不死，不离婚，与叶局长相厮守，到头来还不是空话一句。

叶局长今年四十六岁，说起来男人四十六岁不算老，但如今的官场，文凭不可少，年龄是个宝，水平做参考，关系更重要。这四条中，其他三条都是个变数，唯年龄是个恒数，说年龄是恒数，不是指年龄不会长上去，而是指年龄不能随意更改。文凭可以搞个假的，水平可以瞎吹，关系可以现找，有了金山马山（指马屁功夫），不愁没有靠山。而年龄就麻烦了，从小填表填到现在，要改难着呢。叶局长一过年，虚岁就沾着四十七了，在宦海生涯中就属垂死挣扎的年龄了，如硬挤一下，轧进，提了就提了，轧不进，这一辈子的政治生命到此就为止了，以后只会退不会升了。

这实在是个叫人心烦的年龄，心烦归心烦，叶局长觉得自己精力还旺盛得很。人家人到中年就肾亏肾虚的，自己似乎劲头十足呢，可家中那发妻不知怎么搞的，已半老太婆一个，对那事一点兴致也没有。于是，叶局长愈发想念长波浪，好像唯有她才能减他压力，消他烦恼。

叶局长真不敢想象，如果没有长波浪，那自己的生活会变得多枯燥，多乏味，长波浪真是个可人儿，长波浪能这样待他，他觉得说不出的开心。只要长波浪肯，他愿与长波浪把这样关系保持到老。

然而，事情的变化有时说来就来了。那天，叶局长为了一点小事与发妻拌了几句嘴，怄气后自然想起了长波浪。这长波浪真没话说的，一个电话过去，当夜就来了。当叶局长拥着吻着的时候，长波浪突然哭了。叶局长连忙用嘴啜干她的眼泪，问她究竟为了何事？

长波浪收住泪花说："我真心待你，你却把我当作招之即来，挥之即去的女人。想要了，来个电话，完事了，拍拍屁股当你的局长了，我算什么呀？"

真假爱情

叶局长一边轻轻地抚摸着长波浪丰腴的胴体，一边发誓说："放心，我是真爱你，这你应该看得出。我不会甩你，甩你我不是爹娘养的。"

长波浪闻此，稍稍放宽了几分心。但她总觉得如今两种人的话不大好相信，一种是生意场中的人，一种是官场上的人，这两种人说假话测谎器也未必测得出。谁知叶局长说的是不是心里话。想到此，长波浪用双臂勾住叶局长的头颈说："就算你不甩掉我，可我这样没名没分的，偷偷摸摸的，我心里压力多大，我不想再过这人不人，鬼不鬼的日子了——"

"那你想如何呢？"叶局长最担心的事终于来了，只是他没想到长波浪摊牌摊得这么早。

"我要嫁给你！"

叶局长没吭声。

"我要你与那黄脸婆离了，正式娶我为妻。"长波浪一步逼紧一步。

"你当我不想啊。我恨不得马上把那黄脸婆休了，把你娶过门，好天天陪着你，正大光明地与你上街，与你外出，可事情哪有这么简单啊，你要给我时间，你一定要给我时间，让我从长计议。"

"好，我给你时间，三个月解决。"

"三个月就三个月吧，试试看。"叶局长只想拖一天是一天。

叶局长内心明白，不要说三个月，三个三个月也不一定能解决好。眼下上级正在考察几个重要部委办局的一把手，想从中提拔一个副市长，在这关键时刻怎么能后院起火呢。若现在闹离婚，等于自己宣布退出竞争，不行，万万不行，现在最最要紧的是稳，不能有任何的差错，他甚至觉得长波浪也不宜多见，万一被人瞧破，就得不偿失了。叶局长为官这几年，深知"袋袋不能放错，门槛不能走错"的训诫，而养长波浪这样的女人，性质就更严重了，想到此，叶局长竟有点担心了。冷一冷再说，冷一冷再说，他对自己反复说着。

长波浪发现叶局长有一个月没打电话叫她去了，她不能不生疑了，这老家伙是另有新欢了呢，还是玩腻了想蹬掉我？如果这样，可没那么便当。长波浪虽然对叶局长有好感，想托付终生于他，但到底不敢深信于他，毕竟他是政府机关的局长，自己充其量是个三陪女。因此，自与他交往以来，长波浪就多了个心眼，她偷偷买了个微型录音机，好几次叶局长打电话来时，长波浪把两人的对话原原本本地录了下来。而且长波浪还偷看过叶局长老是带在身边的那本《市情》小册子，那本小册子上，头头脑脑的办公室电话、宅电、手机都有，她抄了好几个呢。要是他叶局长不义，也别怪我不仁，到时只要稍稍给他上司打几个匿名电话，就叫他吃不了兜着走。当然，不到万不得已，长波浪也不想走这一步棋，因为这步棋对长波浪也无好处，最多发泄发泄罢了。

长波浪赶到了娄城，一个电话拨过去，直接告诉他："我从S市过来了，我要见你。"

叶局长一听是她，忙压低声音说："我正在开会，晚上再说，

真假爱情

晚上我联络你。"

那天,市委组织部长等一行人在他局里,晚上,他这一把手自然要作陪,下级来了,可以不喝,平级来了可以少喝,上级来了,是要放开喝的。这一喝,舍命陪君子,整整喝了八九两,叶局长属超水平发挥了,不说酩酊大醉,至少七八成醉吧,这一醉,也就把长波浪的事给忘到了爪哇国里。

长波浪等等他不来,再等等仍不来,火气渐渐来了。她气呼呼打他手机,谁知他关机了。好哇,想不理我,那就骑驴看唱本——走着瞧吧。长波浪一个电话打到叶局长家里,是叶局长的发妻接的,她一听口音是一个年轻女子,已有几分警觉,就耐住性子问:"你是谁呀,找叶局长有啥事?"

其实,长波浪一听就该明白这是叶局长的老婆,如果她就此挂断,也就没事了。谁知她以为叶局长不想接这电话,气头上,一时脱口而出:"我是他老婆,叫他听电话!"

啥,是他老婆?竟有这样的事!"你叫啥名字,我马上叫他来听。"叶局长发妻一边说,一边摸过了一支圆珠笔。

"我叫——我叫什么干你啥事,叫姓叶的听电话,再不听电话,到时他喊懊悔就来不及了。"

"叶局长还没回来呢。"叶局长老婆只好说了实话。

叶局长回到家已九点多了,他老婆告诉他刚才有个自称是他老婆的女人打来电话,叶局一听这话,酒吓醒了一半。他故意醉醺醺地说:"打错了,一定是打、打错了。"

他借口要洗个澡再睡，在卫生间里偷偷给长波浪打了个手机，叫她千万千万别再胡闹了，明天一定见她。稳住长波浪后，他才敢上床睡觉，可这一晚上，他翻来覆去没睡着。

叶局长发妻觉出了他的异样，早上一醒过来就极严肃地问他："你是不是有什么事瞒着我？"

"你想到哪儿去了，难道你真相信我外面有个老婆，笑话！"叶局长说是这样说，心里到底虚虚的，万一这长波浪寻上门来，那就没法收拾了，一定要劝她回去，一定！

上班后，叶局长借口到组织部有事，去与长波浪见了面。

长波浪一见面就忍不住说："你说，咱俩的事到底怎样个结果。"

"你不能操之过急，心急吃不了热粥，反会坏事——"

"我不听。"长波浪一边拿出一盒录音带说，"你娶我，万事好说。你要再骗我，这盘录音带我就寄给你们市委唐书记了，你自己选吧。"

叶局长没想到长波浪留了这一手来要挟他，一时有了绞索套在头上的感觉。多年的官宦生涯使他意识到必须稳住长波浪，稳不住就会出大纰漏。要知道，最近一段时间是关键时期，上级组织部门来考察副市长人选，经过几轮筛选，自己已被列入主要考察对象，只要没有人打小报告，打横炮，只要没有钱、色这两大把柄捏在别人手里，这副市长的宝座就算夹弄里捉小猪，有七成胜算了。现在看来，要坏事，十有八九坏在长波浪身上，不行，不能让一个娘们儿毁了自己的政治生命。当断不断，反受其累。如果这次能如愿以偿地官升一级，还愁以后没有比长波浪更可人的中波浪、短波浪吗？利害关系一权衡，叶局长的天平立时向一边倾斜了，他知道自己下一步该怎么走了。

叶局长马上堆满了笑说："干什么干什么，说这话不怕伤感情，说句掏心窝的话，我舍得了老婆孩子，我也舍不了你的，我骗谁也不会骗你，我早晚会给你一个名分，会把你安排得妥妥帖帖，你得给我时间。这阵子，上面领导来这儿有事，我天天陪着。我情愿陪他们吗？呸，我一天也不想陪他们，我只想陪你。没办法，我只能梦里想你，陪你，咳，你不在这个位置不知道，这也叫身不由己啊……"

长波浪见叶局长说得如此诚意，似乎不能不信，或许他说的真是心里话，但愿如此。不过长波浪到底是在风月场上混的人，她心里明白，要叫当官的说真话比啥都难。这批当官的早在官场上练就了说假话不打草稿，说假话不脸红的过硬本领。会不会他在说假话哄哄我？可看他样子又似乎不像，长波浪疑疑惑惑吃不大准。

叶局长知道，干长波浪这一行的，十个女人九个贪，一有东西到手，必财迷心窍，好哄好骗。叶局长从身边摸出一个绣着花的很考究的小红布包，取出包里的一根金项链说："我如果不想你、爱你，会给你准备好这个？"

长波浪一见这条款式新颖的项链，果然笑意浮上了脸面。

叶局长一把搂住长波浪说："这段时间没能见你，我简直生出相思病来了……"

分手时，叶局长苦着脸说："黯然销魂者唯别而已。这几天你暂时不要来找我,等我安排好了,我会给你一个满意的答复。"

长波浪想,姑且相信他这一回吧。

长波浪回去后第一件事就是去了金店,请老师傅鉴定一下这根金项链是真是假。说心里话,长波浪在回去的路上,越想越觉得可疑。她想好了,如果这条项链是假的,那说明叶局长所说的也是假的。只要是假的,哼,再不会上当了,一定不放过他。

金店的老师傅鉴定以后,口气十分肯定地说:"9.99金,货真价实的好东西。"

"你不会哄我吧?"长波浪依然不太放心。

"我骗你干什么,干我们这一行的,最讲究信誉两字,这是职业道德……"

长波浪不愿再听老师傅唠叨,怀着一种复杂的心情出了金店。

或许真是我错怪了他。长波浪这样想。

一个星期后,S市发生了一桩凶杀案,一个外号长波浪的三陪女被掐死在其卧室。经现场勘查,很像见财起意、谋财害命的案子,因为根据尸检,长波浪死前无性行为,却有挣扎打斗的痕迹,据此可推断,长波浪发现进屋者图谋不轨后曾奋起反抗,但终因不是对手而惨遭毒手。从杀人现场情况分析,这屋子已被有目的地翻过一遍,因为现钞、金器等一样未留,连长波浪手上、颈上的戒指、手链、项链、手表等都不翼而飞了。从长波浪脖子上的掐痕看,凶手凶残有力,这一手活做得干净利落,似乎像职业杀手所为，但一个职业杀手来杀一个三陪女，好像理由很难成立。因此对这案子有两种看法，一种认为谋财害命案，一种认为不能排除买凶杀人案。

长波浪的死被Ｓ市小市民酒后饭余嚼舌头嚼了几天后就淡了，很少再有人提起了。就在这时，Ｓ市公安局意外地收到了一封群众举报信与附寄的一盒录音带。来信者自称是长波浪生前的小姐妹，因不说也罢的原因，不留姓名与地址了。信上说：长波浪半个月前曾对她说过，如果我长波浪有什么三长两短，请务必把这盘录音带交给公安局，其他的事她不告诉我，也不允许我问。我也没问。现在长波浪已死，我思想斗争了多天，最后决定照长波浪生前说的，把录音带交给你们。我猜测，这盘录音带很可能与长波浪的死有关。交给了你们，我也算了却了一桩心事。你们查吧。如果查出确有人害了长波浪，千万千万要严惩……

叶局长最近几天是春风得意，因为在角逐副市长位子这一竞争中，他已胜券在握，有关方面领导已正式找他谈过话了，只等人大方面再走一下流程而已。

可就在强大队长等几位官场朋友祝贺他荣升，设宴欢聚，"叶市长、叶市长"地先叫着的时候，Ｓ市的公安人员突然出现在了酒宴上……

叶局长的脸刷一下白了，语无伦次地说："你、你们凭、凭什么抓、抓我，我要告、告你们诬陷，抗、抗议！我、我是副市、市长人选，你们这、这样做，到、到时是要、要向我赔、赔礼道、道歉的。"

然而，法律是无情的，色厉内荏的叶局长最后无可奈何地在拘留证上签了字，乖乖地戴上了"808"。

强大队长等一帮人一个个呆若木鸡，疑是梦中。

"知道为什么抓你吗？"

"不知道。"

"算了，你是吃了萤火虫，肚里透着亮呢，给你最后一个机会，坦白从宽。若我们说了，你后悔就晚了。"

虚汗已从叶局长头上冒出，沉默片刻后，叶局长突然说："长波浪的死与我无关，她不是我杀的，我有不在现场的证明，强大队长他们能证明那天我们一起在搓麻将，另外两人是——"

"谁说你杀了长波浪，谁说你在现场了。你这不是此地无银三百两吗？"审问的几乎要笑出来。他们没想到这位叶局长仅第一个回合，心理防线就垮了，不打自招地露出了马脚。

当审案的拿起那盒录音带问叶局长："这盒录音带你见过吗，想不想听一听？"

叶局长顿时瘫软了下去，喃喃自语地说："完了，完了。"

"我好悔啊——"叶局长说这句话时，眼泪哗哗地下来了……

真假爱情

错 位

得把父亲接来，一定要接来！让他晚年享几天清福。这念头在薛有道头脑中越来越强烈。

想起父亲孤身一人在老家，薛有道总有一种负疚感。自从老娘死后，他一直寻思着把老父亲接到身边，好歹有个照应。可单身一个，没房没屋，父亲来了咋住？这打算也只好压在了心里。

他每隔几天就给老父亲写上一封信，算是精神安慰。他明知父亲识字不多，这信实在也顶不了啥作用，但他还是信不断。这份心意总是到了呀，他安慰自己，似乎这样做了，心理上就平衡些。

现在好了，前不久他被提升为副总工程师，老婆"农转非"，分到了三室一厅。房子钥匙一到手，他第一个想到的就是把老父亲赶快接了来。

没想到老父亲热土难舍,说金窝银窝不如家里草窝。

薛有道赶回老家,好说歹说,总算说动了老人,使父亲随他来到了微山湖畔的煤矿。

"哟,好派头的房子!"老人把三室一厅里里外外看了又看,禁不住啧啧赞道。

看,荷绿色的墙壁、紫红色的地坪、五叉吊灯,上下壁橱、纱窗纱门,热水器、闭路电视,煤气齐全。老家小镇上的那些头儿脑儿也未必有如此气派的房子。老人惊喜之余,数叨开了儿子太浪费,说儿子败家子,说儿子享受过了头。

薛有道乐得像孩子似的,等父亲唠叨够了,他才告诉老人这是矿上为职工弄的,家家一样。

老人开始横竖不信,后来看了楼上楼下,左邻右舍全是一律色的,才没了话。

晚上,老人失眠了。

不知是因为离开了住惯了的老屋,还是因为棉被太轻太柔,垫被太松太软,或者是热水汀开得大了点,总而言之,老人觉得与家里大不一样。

他曾听老辈人说:"儿时苦不算苦,老来苦真正苦;儿时福不算福,老来福真正福。"看来我薛老头修了个晚年好,要享一阵清福呢。

早上起来,牙膏已挤在了牙刷上,热水已倒在了脸盆里。脸刚洗好,豆浆或奶粉或麦乳精已冲好端上……

真假爱情

菜，三天两头变花样，今天糖醋鳜鱼，明天红烧野兔，后天清蒸大闸蟹，都是在老家时不易吃到或不舍得吃的。

"爹，你尝尝这微山湖的四鼻孔鲤鱼。"媳妇来香一顿饭敬几次。

"爹，你吃这沛县狗肉，据说汉朝皇帝刘邦可喜欢吃它呢，名菜啊。"儿子孝心可嘉，老人不吃也心里舒畅。

"爷爷，你不吃我也不吃。"孙子伟伟的劝说常常最见成效。

老人刚浸下衣服，来香就忙不迭地抢下，说："爹，你歇着，我来。"

老人刚要收拾碗筷，儿子马上拦住："爹，我来我来。"

老人刚拿起扫把，孙子伟伟就学着大人样说："爷爷，你放下。看我的，我包了。"

老人识字不多，看书看报怪吃力的，对下棋、打扑克也没啥兴趣，鸟呀鱼呀又伺候不来，闭路电视好是好，节目不断，日日翻新，只是老人的眼睛受不了。再精彩好看的节目，只能揉揉生痛生痛的眼睛，无可奈何地关了。

一两个月住下来，老人胖是胖了，却渐渐觉得闲得难受。在老家，每天买菜烧饭，逛逛大街，串串邻居，看看老同事，日子一天天过得好快。这儿好吃好喝，好穿好住，就是那长长的日子不好打发。

做惯的人，一闲生百病，薛老头文化不高，不过"生命在于运动"这道理他懂，他相信。家里无事可做，他每天放下碗筷，抹抹嘴，就朝外跑，去矿前矿后转悠转悠。

老人天天穿得齐齐整整，像是跑亲戚的样子。兜里好烟不断，人到哪里，烟发到哪里。不多久，他就与门卫、矿商店、摆小摊的那些人都混熟了。人家接过他带把的烟，总客气地说声"薛老好福气"。

他呢，总意味深长地说："是啊，好福气，只吃不要做。"

老人决定摆个点心摊，多日来，他越转悠，越心痒手痒。

"什么，摆摊？"薛有道一听就反对。总工的父亲在矿门口摆点心摊，太丢人现眼了，摆不得，万万摆不得。他有点气恼地说："爹，你要钱花，尽管说，你要吃啥买啥，也尽管说。你若去摆摊，外面会怎么说我呀！"

"说你什么？正大光明的事，你有什么可担心的。你爹又不是去做坏事。我不怕人说，你怕谁说。"老人主意已定。

来香默然于一边。

她有些不解地望着丈夫，心想爹自己要去摆点心摊，赚几个钱有什么不好。这年头，啥都是假的，钱才是真的。在乡下，多少人走后门领执照摆小摊。这做生意钱来得快、来得活。爹有这份点心手艺，带进棺材又有什么用。不过她不敢吭。男人反对，总有男人的理由，读书人要面子，有啥办法。其实面子是最不值钱的。来香想得很多，只是不吭声。她怕说了男人不高兴，怕外头人说她做媳妇的贪财，容不得老人。

或许是常散烟的功效，或许因为他是薛总的爹，总之，一切都顺顺当当的，肯来帮忙出力的人还不少。没几天，矿门口赫然出现了一个小小点心摊。

真假爱情

说是点心摊,实在也够可怜的,只一个炉子一个锅,一个面案一条凳。简陋归简陋,那张开市红纸还真吸引了一大群人呢,毛笔字歪歪斜斜写着:"面饼每只两毛,随到随有,保质保量,若不满意,保换包退。"

第一天开张,新鲜闹猛。一个早上,摊前没断过人。薛老头使出浑身解数,飞快地做着,看的人、等着买饼的人都说薛老头办了件便民好事。

要说累,还真累,汗,芝麻大绿豆大黄豆大,奇怪,不觉得累。薛老头曾做过数也数不清的饼呀糕呀,不过,那都只能说是操作。今天,他是表演,表演他的手艺,表演他存在的价值,他乐着呢。

小摊的每个早上,把他每个细胞都动员上了,把他松懈了多年的发条上紧了。上紧了,却越发有滋有味。"老骨头真贱!"他嘿嘿一笑,自言自语几句,劳累忘到了爪哇国里。

"钱这玩意儿,真是个好东西,不烫手,不咬手,再多不嫌多。你看人家薛总,每月支薪好几百,隔三差四有稿费,老婆农转非,还要叫老爹摆小摊。嘀,人心不足哇。"

"钱钱钱,如今谁不讲钱。你看看,连薛总这号大知识分子也想抓把钱,还有什么好说的。"

"以前读书人还要讲个脸面,现在嘛,只要能捞钱,亲爹老娘还不照样卖了。这薛总也真好意思,接退休的老爷子来是叫他起早摸黑赚份外钱。"

……

什么话都有，什么样口气都有。这个说那个讲，传来传去就多多少少传到了薛总的耳朵里。他血压立时往上升，脸热得烫手，简直无地自容。从不请病假的他，破例开了三天病假。

无脸见人，无脸见人。他喃喃自语，跌坐沙发。一闭眼，那些眼神，那些指指戳戳，抹也抹不去，赶也赶不走。

要说服父亲，一定要说服父亲，这摊不能摆，一天也不能摆了。

薛有道是吃技术饭的，这嘴皮子功夫到底不到家。两句话没讲完，就与父亲讲僵了。

"讲，怕啥讲！我偷了，抢了？"老人大不以为然，"我听到的怎么与你听到的不一样。赶明儿你上摊前听听矿工们说啥。"

"爹，你都古稀年岁的人了，家里好吃好住，有福不享，何苦去摆什么摊。咱家又不缺那几个钱用。你就顾全顾全儿子的一点面子吧。"

"你爹不是享福人。我又不是菩萨，只要好吃好喝供着就行。百事不做，我会闲死闷死的。我摆摊是动动筋骨。我这把年纪能摆个点心摊，嘿嘿，证明我老骨头还硬着还有点用呢。"

薛有道无话好说，只怪自己嘴笨。

那些矿工真热心，有的找来了芦席，有的弄来了油毛毡，七八个人自告奋勇，忙上一天，在矿门口搭起了个简易棚。从此，薛老头不用再露天摆摊了。

小屋简陋是简陋了点，自在倒是挺自在的。后来他索性搬到了小屋住，咋拦也拦不住。

老人这一搬，薛有道背上的包袱陡然重了十倍百倍，压得他见人自觉矮三分。他自己也弄不清楚，为什么自己背上的包袱越来越重，不，是黑锅。他心里这样想着："我哪里容不得父亲，我没有啊！"他总觉得别人在用异样的眼光看他，他总觉得别人在私下里讲他。即便有人真心真意说他爹的小摊摆得好，他也会认为那是正话反说，有意在刺他，他心里那味呀真不好受。他怕经过矿门口，特别怕经过他爹的那点心摊，哪怕看上一眼也怕。似乎避远一点，说的人就少一点。他明明知道这是自欺欺人，但他只能这样，不这样，还有什么更好的办法呢？

他求过父亲好几次了，但像石灰水刷在白墙上——白话（画）了。父亲像石雕菩萨，丁点听不进去，每说一次，徒然招父亲生气一次，薛有道恨自己嘴拙，常常干生气，闷生气。

来香倒是三日两天去简易棚，她不是去做做帮手，就是给老人屋里拾掇拾掇。

来香有来香的心思。她农转非后，分到了幼儿园。别看那些小班中班的，人没桌子高，可说起彩电冰箱之类的，来香得倒过来做他们学生。小家伙嘴里常常"日立""松下""三洋""双鹿"，像唱山歌似的，一百三十立升，一百七十立升……对来香不能不是个刺激。

慢慢积钱买，不是买不起，但一下子进两样大件，一时还是拮据的。老人摆摊赚钱还能带到棺材里不成。这笔外快收入，早晚能用得上。有了这后备钱，心里踏实多了。来香表面上不露声色，小算盘早打过了，只是她知道男人与她想的不一样。

天，转凉了。微山湖的冬夜够冻人的。夜来风呼呼的，第二天照样太阳老高，暖暖的。

来香在乡下是做惯的，她推了几车黄泥来，剪了一些稻草在里面拌和，泥糊了一遍小屋，小屋不再透风，好多了。

来香还送来了丝棉被子、羊毛毯，给老人织了厚绒线裤。

薛有道矛盾啊，不让来香送这些过去，良心上说不过去，但送去了，老人岂不更不会搬回来了。大冷的天自己那三室一厅有暖气，却让老爹住这简易棚，别人不说，这心也沉呀。

下雪了，好大的雪，温度骤降。

趁纷纷扬扬的雪正下得欢，薛有道撑了把伞，尽量压低着来到了简易棚。

"爹，搬回去住吧。我求你了。"薛有道声音凄然，就差没跪下来。

"你呀你，你说点别的不行吗，说来说去就光知道搬回去。我不是住得好好的吗？我不搬。啥时候老骨头冻得受不住了，我会自动搬回来。"老人在炉子上烘了烘手，和起了面，为明天的早点做着准备。

不一会，来香冲好了烫婆子走了进来。她给老人铺好了床，放进了烫婆子，又替老人通旺了炉子，加足了煤，千关照万关照，才与薛有道冒雪回去。

第二天，雪停了，成了银色的世界。那些树像是玉雕冰凿，煞

真假爱情

是好看。

简易棚像隆起的一个大雪包，只那张"从今日起，增加水饺、小笼包"的红纸在白雪映衬下分外醒目。

有几个照牌头上班前十分钟来吃早点的，见点心摊还未开张，就在棚外高声叫了起来："薛老板，冻僵了哇。行行好，快弄点吃的。"

没人应。

有几个与老人混熟了的常客不放心，在芦席壁上抠了个洞，望进去黑咕隆咚的，好像有人躺着可又看不真切。

呀，不对，有人嗅到了从小洞里溢出的煤烟气。不好，快撞门。

门撞开了，顶上雪唰唰地往下掉。

一股呛人的煤烟气扑出屋来。

煤气中毒！

矿医医生已回天无力。

来香号啕大哭，拉腔拉调，很有韵味。

薛有道像呆木头一样，只有泪无声地涌出。

快枪手贾作家

贾作家的名气确确实实是越来越大了。

他的名气不是靠吹出来的，不是靠捧出来的，实实在在是靠写出来的。

你若做有心人的话，去泡几天图书馆阅览室查一查，《人民日报》《光明日报》等大报有他稿，县级市报纸有他稿，企业报也有他稿，就连业余作者自费办的无刊号的小报也有他稿。刊物上也如此，总而言之，言而总之，角角落落里的报纸刊物几乎都能读到他贾作家的作品，其作品数量之大，大得惊人。

虽然一再有人揭发他一稿两投三投，甚至十几投几十投，但终究是他自己写的，不是抄来的、剽窃来的呀。

贾作家名气大了，成了腕级作家，自然有大报记者小报记者隔

真假爱情

三岔五找他采访，其中问得频率最多的是：你是如何能写出如此众多的作品来的？灵感何在？

贾作家常常顾左右而言他，从不肯正面回答，逼急了，就推托说是自己的创作秘密，恕不奉告。

有位女记者摸准了贾作家脾气，先邀他共进晚餐，绝口不提采访一事。美女记者频频举杯敬他酒，他焉有不喝之理。这一喝，就喝到了舌头发直，喝到了管不住自己的舌头。

女记者看看差不多了，就转入正题采访了他。

此时的贾作家在酒精作用下，兴奋莫名，话头刹也刹不住。

他告诉女记者："题材题材，在题目，不在材料，有了题目，材料可以组织，可以瞎编，不不不，可以虚构。"

女记者要他举个例。

贾作家说：譬如"歌"字系列，可以春歌、秋歌、夏歌、燕歌、桥歌、牧歌、蝉歌、田歌、海歌、山歌，一路歌下去。这一写，写个几十篇都没问题。

依然类推，"劫"字系列，可以男人劫、女人劫、老人劫、婴儿劫、名画劫、美玉劫、人才劫、专家劫、秘方劫、专利劫，或人或物，一路劫下去；"殇"字系列，可以天殇、地殇、人殇、树殇、花殇、酒殇、鸟殇、虎殇，有一物殇一物，殇它个几十殇应该没问题。现在文坛不是流行系列吗，多好，还能汇成系列，扩大影响。

女记者有所悟了，想了想说："我记得你还有个'官'字系列，印象中有泡官、跑官、套官、审官、骗官、唬官、诈官、诱官、骂官等，我没记错吗？"

"没记错，没记错。"

贾作家见女记者对自己作品这么熟，更来劲了，他兴奋地说："用举一反三法，能化出许许多多题目呢。就拿'证'字来说，也能成个系列，如人证、猫证、牛证、花证、石证、河证、路证、屋证……"

女记者突然说："我又想起来了，你最近发了篇《猪八戒结婚》，那是不是意味着你可能要推出一组诸如《猪八戒悔婚》《猪八戒离婚》《猪八戒再婚》《猪八戒考研》《猪八戒出国》《猪八戒当官》《猪八戒获奖》……"

"是啊是啊，太对了，这一组我正考虑，还没写呢，你这一提醒，我最近就写。"贾作家欲起身告辞，说要回去写猪八戒系列。

女记者回去后想写篇报道，但考虑来考虑去，终于放下了笔。

后来，女记者读到了贾作家发表的一篇《山那边的孩子》，女记者与朋友打赌，说用不了多少时间，贾作家的《海那边的孩子》《江那边的孩子》《湖那边的孩子》《森林那边的孩子》《界碑那边的孩子》等系列文字一定会问世。开始，还有人不信，可过不了多久，这一组系列真的在报刊上出现了。

有人怀疑女记者给贾作家提供了素材。

但女记者说自那次采访后，与贾作家再无丁点联系。

可没人信，就连女记者最亲密的闺中密友也不信。

真假爱情

邂逅初恋情人

满农仓是到舟山出差,顺道上普陀山旅游的,满农仓对庙宇没有多大的兴趣,对拥挤与嘈杂也颇有微词,所以当夜色笼上山来,漫向海面时,他独自一个人踱向了海边的千步沙。这时的海滩,游人没有了,嘈杂没有了,借着淡淡的星光,依稀能辨海滩伸向远处,那奔涌的浪头一浪高过一浪,自远处匆匆而来,不知疲倦。听涛是此时最大的享受,那涛声雄浑、坚韧、不屈不挠。满农仓一个人在千步沙没有目标地走着,走着。他突然想:在如此诗意的夜晚,如果能与自己心爱的女人一起漫步于此,那该有多浪漫啊。

正想着走着,突然他发现前面海滩上似乎有一团黑影,那黑影像个木雕似的一动不动。谁呀,难道是与我一样来观海听涛的人。相逢是缘,过去问候一声吧。近了近了,是一位游人,还是位女的。咦，这侧影怎么似曾相识？

"你好，你一个人是来海滩静静心的？"

"农仓，你是农仓。"突然那黑影惊喜万状地说道。

满农仓万万没想到在千步沙海滩的夜晚，竟然有人认出了他，叫出了他名字。

这声音太熟悉了，是她，一定是她！你是心真？

像梦一样，满农仓与他的初恋情人心真邂逅于千步沙，两人紧紧相拥，很久很久。夜色为他们掩盖了一切，涛声为他们掩盖了一切。

怦然的激动稍稍平息后，两人不顾沙滩潮湿，坐在了海滩上。

此时的满农仓，只觉得一千个愧对心真，一万个愧对心真。逝去的那一幕，他永远无法忘怀，也永远无法原谅自己——六十年代末，满农仓与心真都是插队知青。两人是在火车上认识的，一拉起，方知都是上海人，都插在黑龙江瑷珲，于是有了来往。一来一往就有了感情，热恋中的小年轻觉得冰天雪地的黑龙江也温热无比，两人都沉浸在幸福之中。

不久，上级来通知，准备在当地知青中抽调一批根正苗红表现好的到三三六工程去。三三六是个军工单位，政审要求极严。心真因有海外关系，一票否决，就被涮了下来，满农仓算是幸运的，通过了政审这一关，但有人向上级写信，说满农仓正与心真在谈恋爱，满农仓有这层关系，也不宜进三三六这保密性极强的单位。

来招工的胡政委当即找满农仓谈话，问他与心真到底是不是恋爱关系，满农仓知道一旦承认这关系，想要跳出农门就难了。他咬咬牙否定了。胡政委还不放心，又去找了心真。心真知道只要自己承认与满农仓是恋爱关系，满农仓十有八九也得被涮下来。她心一硬，说："没有的事。"为了使胡政委相信，她还故意说了句："我怎么可能看上他呢。"

这之后，满农仓就去了三三六工程指挥部，去了后才知道，在这单位，信也不能随便通的，就这样与心真的联系断了。后来，满农仓在回上海探亲时给心真写过信，哪知都没有回音，再后来，满农仓去心真插队的地方找过她。当地农民告诉他：心真嫁人了，已生了孩子，随那男人走了。至此，满农仓的心也就死了。但说句心里话，满农仓实在无法一下子抹去心真的形象，与心真的爱。他不怪心真变心，是自己先对不起她嘛。

一晃二十多年过去了，满农仓已是年过半百的人了；事情虽淡了许多，但心真毕竟是他心底的一个情结。不知是不是上帝开恩，竟让他在这儿遇上心真。

此时此地，一种忏悔之情涌上心头，满农仓想说什么，但说出口的竟是："这些年来，你是如何过的？"

心真说："你什么也不要问，什么也不要说，让我俩就这样靠着，静静地坐一会，感受一下彼此的心跳，与这美好的夜晚，好吗？"

满农仓搂着心真，就像当年搂着初恋中的心上人。

夜，已经深了，海滩上有了点寒意。

满农仓终于忍不住问："心真，你一个人在海滩上干什么来了？"

"好吧，我实话告诉你吧，我是来告别人世的。如果不是遇到你，现在我可能已去了另一个世界。"

"你说什么？"

"我患了严重的神经衰弱，夜夜无法入睡。生又何趣，死又何惧。唯放心不下的是瑷瑷。你的出现，实在是天意，是天意啊，我把瑷瑷托付给你，我死也瞑目了。"心真一口气说道。

"瑷瑷是你孩子？"满农仓问。

"也是你的孩子！"

"我的孩子？"

"对，如假包换，你的女儿。"

原来，满农仓去三三六工程指挥部时，心真已怀上了他的孩子。满农仓走后，心真只能匆匆与一个她并不相爱的男人结婚。结婚九个月心真即生下了孩子，取名瑷瑷，男人怀疑这瑷瑷不是他的种，故对心真一直不好。后来终于离婚，离婚后的心真一心一意带着瑷瑷。不知是否更年期的关系，近一两年，心真眼一闭就是当年插队时的情景，就是满农仓……

"心真，我对不起你，对不起瑷瑷，我会用我下半生来弥补。"

"不，你是有家有室的人，我不想破坏你的家庭，能在这儿见到你，我已很满足了，普陀山的菩萨果然很灵。瑷瑷今年大四了，没多久就毕业了，我也算尽到我责任了……

海风大了，海浪也大了。满农仓紧紧地抱着心真，泪流满面。

真假爱情

买蟹风波

"谁买了螃蟹还没给钱呢!"

"谁买了螃蟹还没给钱呢!!"

一个压着怒气的女人声音在楼与楼之间反射着,撞进了一家家的窗户。

这是煤矿的一个生活区,几十幢一模一样的五层楼,仿佛几十只特大火架盒竖立着,来个陌生人,像进了八卦阵,要寻个人非转上半天不可。

"哪个黑良心的,买了螃蟹不给钱!"

"不要脸的蛮子,你给我出来,躲着吃了看不撑死你!"

挨着楼喊着的女人愤而骂了起来。这是个四十多岁的妇女,黑黑瘦瘦的脸,裙子上沾着鱼鳞,身上隐隐有股鱼腥味。不用问就知道，这是位渔船上的当家人。

喊一阵，骂一阵，只有看的人，没有来付钱的。这妇女终于呜呜咽咽地哭了起来。

她喊着、骂着的时候，人们只是远远地看着，这会她哭了，有人围了上来。

采煤班的蔡阿发是哪里人多往哪里跑的人。刚才他在窗口已看了好一会，说实在，他早听不下去了，好像句句是骂在他心上似的。这会他跑上前去，俨然是干部的架势，大大咧咧地说道："不要骂，骂不好。你好好想想是什么模样的，往哪幢楼跑的，我们来给你找。"

这妇女止了哭，打量着说话的蔡阿发，只见他穿着件肥大的工作服，袖口卷着，似乎有种讲不出的半大人味。凭直觉，她知道不会是干部，心有几分凉。看着看着，这妇女记起眼前这人，刚才也买过蟹，但买过多少，付过钱没有，却怎么也想不起来了。

"给我钱呀，孩子等着钱抓药呢。"女人不敢贸然认定就是蔡阿发赖了钱，但又不甘心那钱白白叫人诓去，想想又哭了，边哭边数说着一夜捉蟹的风寒辛苦，说着家里生病的孩子。

同情之心，人皆有之，听者无不动容，但多数只是叹息、摇头，附和一声"赖钱者缺德"而已。

蔡阿发不知怎么联想到了自己憔悴的母亲。她母亲是摆小摊头的，但早先政策规定不准设摊，母亲常为经济问题发愁，那忧郁的眼神至今有极深的印象。他深切地了解几十块钱对一个急需用钱

真假爱情

的母亲的诱惑力，下意识地摸了摸口袋，踌躇再三，终于像下了大决心似的掏出了身边唯一的那张五十元的票子，塞在那女人手里，说："拿着吧，给孩子抓药。"

蔡阿发的举动太出乎那妇女的意外。她先是一愣，随即一把抓过钱，看了看，又带着哭腔道："不够数，不够数。"不知说蟹钱没付足，还是买药钱不够数。

蔡阿发万万没料到他拿出了钱，还不够数，有些不知所措，嗫嚅着说："没有了，真没有了。"

至此，这妇女已认定没给蟹钱的就是现在犹犹豫豫给他五十块钱的这人。虽然她拿不出什么真凭实据，但眼前这情况，不是明摆着的吗？还能有错！

一种受骗受欺的愤怒之情从心底而起，她一把抓住蔡阿发的衣服，有点神经质地嚷道："是你买的蟹！是你，给钱，你快给钱！"

这一声嚷，一下把蔡阿发推到了难堪的地位。蔡阿发一时懵了，不知如何答对。四周的人劲道来了，一片嗡嗡。

这妇女的话并不是没有一点根据的，蔡阿发确实挑过她篓子里的蟹。

蔡阿发原没打算买蟹，只是随便看看罢了。看，只只壮、只只活，谗人哪。阿发今年还没吃过蟹，很想尝次鲜。"九雌十雄"，正是当令呀，但想想口袋里布头贴布头，那看的兴头也消了大半。

蔡阿发的父亲前几天在放高产卫星时死于井下事故，他是顶替进矿的。在家是老大，下面尚有两个妹妹，根据长兄为父的旧训，

131

他担起了家庭的生活重担。每月按时把工资如数寄回去，只晚时辰不晚日子。他自己平时就靠下井费、夜班费等来开支单身汉生活费用。像大多数矿工一样，他也爱喝一口酒，故而他的经济常常是紧绷绷的，不能有额外开支。算了，不吃就不吃，又不是粥饭，非吃不可的。不吃螃蟹，不也照样青筋硬骨，无病无灾的，阿发自嘲自解着。

"阿发，买呀，看啥，不要肉痛袋里钞票。"有人不无恶意地朝他说着。

"阿发嘛，钞票省下来将来准备孝敬女朋友的。"一个留着小胡子，外号叫'小胡子'的用嘲弄的口吻调笑着阿发。

随着有人爆出一阵笑声。

这哄笑刺痛了蔡阿发的自尊心，受辱的愤慨使他涨红了脸，他把手伸进了口袋，袋里只有唯一的一张五十元票，上面沾着他的手汗。下井费后天才能发下，这几天，这张五十元票对他来说有点举足轻重。

"阿发，勒煞刁死做啥？不买让阿哥买。""小胡子"拍拍阿发，示意他让开。

蔡阿发最听不得人家说他"小气""吝啬"之类的话，一时脸色很不好看。他狠一狠心，弯腰捡了两只大的，一称竟要五十二元五角。乖乖，这哪吃得起。阿发那窘态就别说了。还算脑子转得快，阿发说声"我去拿钱"就放下螃蟹，不声不响走了。"小胡子"连忙把那两只蟹抢在手中，轻蔑地朝他一笑。

真假爱情

蔡阿发不好意思再看下去，悄悄地回了宿舍。刚才听那妇女在楼下叫骂，脚底板发痒，又跑下楼来凑热闹了。没想到自己出于同情给她五十元钱，反引起了对方的误解，弄得平地风波，下不了台，竟被在大庭广众说成吃白食，赖钱不付，真好比有几十只毛毛虫在身上爬，那滋味不好受。再看看四周人的眼色，分明都把他看成了败坏矿工声誉的白拿蟹的人，气得他发昏。

"你放手，你认错人了！我没拿螃蟹，我放在篓子里的。"阿发压着火，据实辩解着。

记忆有时是很奇怪的，近在咫尺的事竟会毫无印象，但略一点触，又会清晰呈现。蔡阿发的辩解听起来虽是那样无力，但总算使那妇女模糊的记忆中透进了一缕光亮。一瞬间，刚才买蟹的一幕重现了，朗然在目，记起来了：眼前这小伙子是放下蟹去拿钱的，只是没再来。想到此，她揪着阿发衣服的手松了下来。随后又抽抽泣泣地哭了起来，不知是哭她那不足数的蟹钱拿不到了，还是掩饰她认错了人的惊慌心理。突然，她把那张五十元票往阿发手里一塞，像躲避什么不祥似的急急走了。

阿发一愣，望着手里的钱，不知怎样为好。半晌，他才似乎想到了什么，快步追去，但那妇女已走出了生活区。蔡阿发攥着钱，心里总有点怅然若失。

看热闹的人散了。人们还是没搞清蔡阿发究竟买没买蟹，究竟付没付钱，有人用怀疑的目光盯着阿发。蔡阿发全不理会，他拽了拽皱了的衣服，也向生活区门口走去。

"阿发,来,我请你吃螃蟹。""小胡子"狡黠地一笑。

蔡阿发一怔,但很快又似乎明白了什么,硬邦邦地回了一句:"蟹嘛早晚要吃的,一只也不会放过!"

真假爱情

不称职的门卫

不称职的门卫是谁呢？不怕读者笑话，这门卫就是我。

我，一个堂堂七尺、五大三粗的青年，啥活不能干，却让我干这门卫，你说窝囊不窝囊？但有啥好说的，这是我自己找来的。

我自己怎么会去找来这老头儿干的活呢？说起来，起因还是为了两只虱子。虱子对南方城市出生的我来说，大有谈虱色变的味道。但在当地，农民身上有虱子，那是极平常的事，根本不用大惊小怪。

这必须先介绍一下我们的厂子，我们的厂属煤矿的一个坑口发电厂，孤零零地坐落在前不巴店后不挨村的微山湖畔，这儿属于苏鲁豫皖交界的地方，民风彪悍，经济落后。在20世纪70年代，厂子周边的农民几乎清一色黑袄黑裤，冬天最大的乐趣就是在阳光下晒太阳捉虱子，比谁逮的虱子大，谁在嘴里咬碎虱子的声音响。至于洗澡，除了大热天在微山湖里光腚洗一把，凉快凉快，冬天是从不洗澡的，祖祖辈辈这样，早习惯了。

变化是因为我们的发电厂造在了那儿，发电厂有余热，24小时供热，洗澡房对职工24小时全天候开放。厂子里难免有些活要当地农民工来干，他们进了浴室后，好像发现了新大陆，回去一宣传，那些当地人都想在大冷天到厂里来洗个热水澡，顺便见识见识。这就有了下面的故事。

有一次我从浴室莲蓬头下出来穿衣服时，只见自己挂衣服的两侧钩子上都挂满了黑棉裤黑棉袄，当时我倒也没在意，穿好衣服就走了。不想到吃晚饭时，觉得身上直痒痒，我背靠着橱角来回搓动，可仍是不止痒。同宿舍的见我这样，打趣着说："看你一刻不定的样子，是生了虱子，还是什么的。"说者无意，听者有心，我猛然想起浴室里当地农民的黑衣服。一想起这，浑身上下一起发了痒，老实说，我宁可挨几下揍，也不要受这份痒的罪。我顾不得冷，脱下衣服就在灯光下仔细检查起来。果不其然，在贴身穿的汗衫上找到了两只虱子。不用说，十有八九是浴室里那黑棉袄上跳过来的虱子。

以后，每次洗澡，我挂衣服时都特别注意，生怕再弄上虱子。然而，真有点防不胜防，差不多每次洗澡，钩子上总有几件黑衣服。就算你挂在了另一边，你能保证洗好澡出来，你衣服两侧没有黑衣服？真伤脑筋。为此，我迁怒于门卫，多次在领导面前发牢骚，说厂里的浴室快成公共澡堂了，对门卫的失职大有意见。我隐约记得还随口说过这样的话："哼，要是我当门卫，一个也不许进来！"大概为此因吧，竟然把我调去做了门卫。理由是过硬的——加强门卫力量。我还能说什么呢，只怪我以前说得太多了。

好吧，既然领导叫去，犟也犟不过。去就去吧，反正到哪也是干活。

有些事情，说人家很容易，但轮到自己，常常还不如别人。我决不能这样！我没走马上任之前，就再三这样告诫着自己。既然我批评过门卫，那我去了就要负起责来，认认真真地看好大门把好关，千万不能让别人说闲话。于是，我用毛笔字写了"非本厂人员，未经同意，一律不准入内！"的安民告示，醒目地贴在了厂门口。

第一天是上早班，我戴着"门卫"红袖章，煞有介事地坐镇在大门口，大有大将军在此，一概挡驾之势。

别看门卫不是个技术活，也不是个力气活，其实也挺烦心的。这个来，那个去；找张三，喊李四；公事的，私事的，一个上午竟几乎没空过。

有几个想混进来的农民被我一一挡住，还被我狠狠教训了一顿。我呢，则被他们没头没脑地骂了一顿。骂就骂吧，我不理会，不跟他们一般见识。有些场合，阿Q精神还是挺有效的，否则真要气得肚胀。

有的农民见我面孔陌生，不敢进；有的农民见我认真，不想再碰一鼻子灰，大都走了。我也就像个得胜的将军似的，十二分地高兴——我算是尽到了自己的责任，终于兑现了自己曾说过的那些话。

然而，一到下午，情况就大不一样。先是来了三个青年，一来就把香烟往我手上塞，我推说不会，坚决拒绝。这一来，其中两个很尴尬，窘得不知说什么好。不过那个年纪稍大的却很会说话，他再三打招呼，香烟我推过去了，他又丢了过来，硬是要求照顾一下。我终不为动。

好不容易把这三个给说跑了，不一会又来了一群妇女。常言道：三个女人一台戏，这话真是一点不假。我一拦住她们，她们就七嘴八舌嚷开了。有骂的，有讥讽的，也有说好话的。我打定主意，随你们怎么咋呼，说我装正经也好，骂我看门狗也罢，反正我此禁不开，谁也别想进来。

女人和男人终究不一样，这群妇女软磨的功夫可真到家。不走也不散，一会儿这个往里跑，一会儿那个往里钻，我拖又不好拖，拉又不便拉，真急人！大概人一多胆子就大，开始她们还算雅观，后来竟对我推推搡搡，好像她们是门卫，你说气不气人！——咳，不是我说怪话，实实在在比车间里敲榔头还累人。真所谓不做一行不知道，做了一行怨一行。门卫这工作真不好做。不过，我这人是个倔脾气，做了就不后悔，开弓没有回头箭。今天我既然新做门卫，就得拿出点下马威来，否则以后这工作怎么干下去。于是我紧绷着脸，绝没有通融的余地。有个话最多的胖嫂子说我脸上至少涂了半斤糨糊。这位胖嫂子在这点上说的倒是实在话，因为当时我的脸大概确实绷得极难看。难看就难看，又不是找对象，要啥好看。民间传说的黑老包、铁面将军，哪个脸好看过？想到此，我心大慰，颇有点洋洋自得，仿佛我也成了铁面无私的把关将军。

将军当然是八面威风，我做足阵势，那威风可能还真起了点作用，那十多个妇女竟然偃旗息鼓了。有几个在窃窃低语着什么，像是在商量对策。过了一会儿，那个胖嫂子俨然是她们推举出的全权代表，一个人来找我。这会她说话和和气气，好言好语，与前时简直判若两人。她说："你这位同志，有原则性，俺们算服你了。不过今天来的，都是为的公事。"你说稀奇不稀奇，洗澡还有为的公事，那下次拉屎也有为公事了。我不耐烦了，硬邦邦地说："公事不公事，是你在说。我可只认公家证明。"

"好，我去拿证明，你等着。"胖嫂子一本正经地走了。我心想，算了，不过让你趁势落篷，借梯下楼罢了，还装什么像。

我长吁一口气，抹抹头上的汗，回到警卫室，一屁股坐下，就再不想起来。想不到这看似养病式的活，倒累得我腰也酸，背也疼，口也干，舌也燥。我赶紧泡上一杯茶，喝几口解解渴，消消乏。

正当我喝得来劲时，那胖嫂子又来了。她拿着一张盖有大队公章的证明给我看。我一看顿时脸红语塞了，你道是什么，竟是证明这十多个妇女是要去做绝育手术，希望我厂照顾一下，让她们在手术前洗个澡。这对我一个还没成婚的小青年来说，我能说什么呢。这不是存心让我难堪吗？！简直有点恶作剧的味道。我拿着那张证明，犹豫着不知该怎么办好。

胖嫂子看来是个很善观察的人，她瞧我这样子，就赶忙抓住我心理防守上的这虚弱点，呱呱地说开了。她说："计划生育是大事……"看我皱眉，又说大道理我肯定比她知道得多，这方面的知识也一定比她懂。看看，倒真会堵我嘴。又说农村没有条件办浴室，没办法才来麻烦厂里，要求看在计划生育的面上，就灵活这一次。她见我不响，猜测我在怀疑什么，就指着身边一个二十多岁的姑娘说："你这位大兄弟，你要不信，就问问她，她是俺大队的赤脚医生。"

我又不认识谁赤脚谁穿皮鞋，这种证明人有啥用。不过，我内心翻腾得厉害。这计划生育确是件大事，需要各方面协助。弄来弄去，果真弄出了个为公事而来。证明已来了，我再拦住她们似乎也过严。我上任前一个不放的决心动摇了，就让她们进这一回吧，下不为例，我这样考虑着。

我真怀疑胖嫂子专门学过察言观色这门艺术，她一定从我脸上看出我的松动，就趁热打铁，招呼着那些等急了的妇女，说："来呀，这位大兄弟同意啦，真该好好谢谢他。"

随着她的话，十多个人一窝蜂拥了进去。

我想拦，拦谁好？我眼睁睁地看着她们从我身边争先恐后挤了进去。一进门，她们就变得有说有笑，好像一下子年轻了十岁。而我，像个足球守门员没守住球似的，多少有点垂头丧气的样子，呆立在厂门口。我在想，这张证明也许不假，应该不假。要不，我岂

真假爱情

不失职了。人有时明知自己有了某种过失，只是有了某些理由、某种借口就心安理得了。我虽未心安理得，也原谅了自己。因为我敢起誓，假如没有那张证明，我是决计不会放她们进来的。

第二天，第三天，来的人更多了，就像要与我车轮大战似的。我是疲于应付。

第四天，又来了六七个妇女，仍是由胖嫂子领着。她很客气地把一张盖有红印的证明递上，仍是那么几句话，几乎没改过一字。

胖嫂子一边注意着我脸色，一边说："你这大兄弟，可帮了俺队大忙。今年俺大队要是评上计划生育先进，俺少不了要给您这儿送面锦旗。"

这样的话听上去总是顺耳的，虽然我并不稀罕这廉价的赞扬。我脑子里突然闪过这么个念头：哪来这么多做绝育手术的？这儿农村里，要叫少生几个也难得像上青天，而她们大队倒成群结队而来，高高兴兴而来——不可能，这里一定有假！但我是个男青年，怎么开口去问？难道我能问胖嫂子："你们这些里，谁是真结扎，谁是冒名的？"我可不好意思这样问。我扫了一眼门口的这几个妇女，发现其中有一个二十多岁的姑娘，难道她也——不，绝对不会的。我几乎脱口问道。然而我看到她的脸霎时红得像充了血，大有上天无路，入地无门的窘态。我甚至觉得再多看她一眼，说不定她会哇的一声哭出来，转身就逃。我用不满和疑惑的眼光看了看胖嫂子。这位胖嫂子像最灵敏的信息接收机，立即悟出了我这一眼的意思。她赔着笑脸说："大兄弟，都是的，没假。这位梳辫子的，是俺队计划生育的模范。"

我记起来了，这就是上次陪来的那位赤脚医生。难道她已是孩子的妈妈？如果真是这样，倒确实堪称模范。我感叹起胖嫂子的工作能力来了，我估摸她大概是大队的妇联主任或计划生育委员会负责人。看她这卖劲的样。

在我的沉思中，她们又像上次那样一哄而进。

她们前脚进，后脚又跟来了十来个小男孩，一个个躲躲闪闪地往里钻。我慌忙拦住。也许我的态度生硬了点，孩子们骂起来了，像顺口溜，一串串的。其中有个瘦瘦的小男孩，嚷嚷着说："女的能进，俺为啥不能进？新娘子为什么进去了？"接着，就像捅翻了麻雀窝，只听得这些孩子乱嚷嚷。至此，我才恍然大悟，那赤脚医生就是新娘。胖嫂子嘴里的模范，可能是指她的工作而言，亏她说得这么圆滑。

我上当了，但人已进去，又不能拖出。我只好罢了，自己生自己的气。可没让进门的这群孩子不依不罢休，七嘴八舌，像放连珠炮，什么"新娘子要干净，我们就不要干净？""你们蛮子要清爽，我们就不能也清清爽爽？"……

孩子们的话是在理的，我没有理由驳倒他们。我只能用蛮力阻止他们进去，因为如一放，那以后就刹不住。开头难，就要开头硬。

"啪！"一块小石子打在了我头上，血淌了下来。我赶紧用手帕捂住，仍是立在大门口，拦住了这些用不文明手段争取向文明靠拢的孩子。

也算巧事，正好厂保卫组的老俞看到。他连忙打电话给医务室，叫来了一个医生。他一个劲地表扬我，我惭愧极了，开口不得。我知道我只是个不称职的门卫。也许，以后我会称职的，但是我得狠狠心挡住那些要干净，也要文明的当地农民，想到这，我心里就挺不是个滋味。尽管这样我就可以不被厂里的人说闲话，少不了还要受到表扬。

失眠之夜

"恋人的誓言是写在水面上的。"这话谁讲的？龙双竭力回想着，但不知怎么搞的，脑子里混混沌沌，乱得一锅粥似的，怎么也记不确切。

为什么老想这话——反省过去，预言将来？太荒唐，打住，不想它。不，荒唐的是怎么会在这个时候住到了这儿——要知道，今天是大年三十；而这儿远离家乡千里，一个生平第一次踏上的异乡小镇，一个简陋陈旧的陌生小客栈。

屋外，风呼号着，在那电线上奏出"呜呜呜"的声音，插销不紧的窗发出"吱呀吱呀"的叫声；雨，淅淅沥沥地敲打着玻璃窗，倍觉夜的凄凉。

中国人太看重大年三十的团聚，这时候，谁还会光顾这寂寞的

真假爱情

客栈,只有傻瓜才会来这昏暗冷落的客栈过年三十。对,我龙双就是这样的傻瓜。

恼人的失眠,已几十次调换过睡觉的姿势,但全不管用。龙双下意识地摸了摸衬衣口袋,口袋里薄薄的那张纸是单位里的一份证明,一份印泥鲜红的同意结婚的证明书。

前天,龙双从微山湖畔的煤矿兴冲冲地来到这里,是为结婚来的。

说来话长,两年前,龙双的妻子在一次交通事故中撒手而去,留下一个刚断奶的女儿霏霏。悲痛欲绝的龙双发誓:这辈子再也不续娶,要把全部精力放在孩子的抚养上。但是,生活并不像当初想象得那样花些气力就能安排得有条有理。平时喜欢写写弄弄、不善家务的龙双天天忙得焦头烂额。咳,顾了这头顾不了那头,正是创作欲勃发的那几天,霏霏得了急性肠炎,待他手忙脚乱地把霏霏送进医院,病情已很严重。

一位值班女医生忙碌半天后,朝着龙双毫不留情地说了一通,仿佛霏霏这孩子是她委托龙双照看的。龙双窘得无地自容,他能说什么呢?孩子没娘,一个男人家把孩子拉扯到这么大,吃了多少苦哇。医生你可知道?

后来,女医生大概知道了霏霏没娘,她对那天所说的话甚为歉意。以后的几天,她对霏霏格外关心照顾,还买了一袋苹果给霏霏。这一来,反倒弄得龙双很不好意思,他再三道谢。女医生微微一笑,说:"你不能放放你的书与笔,多关心关心孩子吗?"龙双讷讷了半天，才说道："书和笔已成了我生活的一部分，难啊。"

女医生默然，若有所思。

霏霏出院后，单位里的同事旧事重提，又提出要给龙双介绍个对象，开始龙双执意不肯，但当他知道对方就是那位女医生时，不禁心动。咳，毕竟拗不过生活。

女医生是个工农兵大学生，是个比龙双大一岁的老三届的老姑娘。也许是年龄的关系，也许是在爱情的道路上有过波折，也许是医院里那段接触，反正这位叫秦花的女医生并没有嫌龙双是中专毕业生，更没有计较他结过婚有过孩子。两人一谈即合，倒像是早先安排好的。两人谈对社会、人生的看法，谈对日后生活的向往，竟颇多共鸣之处，于是乎，龙双对她有了好感。他暗自庆幸霏霏将重新有个妈妈。

半年一晃而过，转眼是春节。龙双与秦花都准备到家乡去过年。秦花娘知道这事后，催着他们在春节把事办了。三十出头的老姑娘，做父母的能不急吗？事情就这样匆忙中定了下来。

龙双因手头工作一时忙不完，直到小年夜才来到秦花的家乡。

秦花来车站接的，她穿了一件新买的玫瑰红滑雪衫，比在单位里时美多了。常言道"毛头姑娘十八变，临时上轿变三变"，此话不谬。

到她家吃的第一碗是什么来着？噢，对了，是桂圆水荷蛋。曾在哪篇小说中见过，这是专给第一次上门的新女婿吃的。

第一顿晚饭很是丰盛，就是辣椒放得太多。

真假爱情

在频频的敬酒声中，龙双破天荒喝了二两多白酒，他脸通红，眼睛更红，那样子不怎么雅。酒，还在继续满上，脑子有些晕。

晚饭后，一桌人聊聊。不知为什么，龙双隐隐觉得这是事先安排好的。

"龙双，你准备在上海大饭店办两桌，这敢情好，让俺秦花风光风光，只是俺老家的人咋办？"秦花娘说话就喜欢这样直。

"噢，那是霏霏她外婆的意思。她说过，如果给霏霏找个妈的话，一定要在大饭店办两桌，希望能对霏霏好些。"

呀，这话不该讲。你看，这位新丈母娘的脸色一下变得很难看。

"你与俺秦花成亲后，那孩子咋个带法，这事得计划计划好。"秦花娘的脸色像是坐在法官席上。

由谁带？这还用计划，当然是我们俩自己带。不对，秦花娘问这啥意思？？好像有弦外之音。

"我想霏霏我们俩自己带，就是秦花要吃点苦。"

"霏霏你们俩带，那你们自己有了孩子咋办？不是我做娘的不答应，你叫俺秦花做后娘，那两口子小日子往后咋过？"

"我已领过独生子女证了，这秦花也知道。"怔了一会，龙双还是吐出了这句话。

此话一出，秦家四座哗然。

一片阴影就这样潜入了原先融洽的气氛中。

龙双闷闷地独自睡了，但睡不着，和这会在小客栈一样，七想八想，迷迷糊糊直至天亮。

失眠真够呛。以前也有过失眠，那是创作欲刺激了中枢神经，心情是愉快的。可现在，是受罪，是慢性折磨，是在吞食苦果，更可悲的是在吞食自己参与摘下的苦果。

为什么自己要违背诺言呢？不是日记上白纸黑字写着：这辈子独身到底。可写到了水面上。现在陷入这难堪境地，怪谁？——怪秦花，怪她母亲，怪她家中的那些人，还是怪这儿的旧习俗？

今天早上秦花来时，那脸像苦黄瓜似的，眼睛发青的。莫非她也是一夜未合眼。她在想什么，恼我，怨她母亲？

噢，她笑了，不过很勉强，不自然的笑是难以掩饰满腹心事的。

秦花打来了洗脸水，端来了早点，默默地看着龙双吃下，又默默地陪他坐着。秦花没说一句话，不过那眼神胜过许多唠唠叨叨。她靠在了他肩上，眼睛里似乎有一种哀怨乞求的神色：你答应了吧，要了霏霏，咱家里不会同意。

要是在以前，当秦花靠在肩上的时候，龙双会给她一个长长的吻，但现在，昨晚掀起的波涛，拍打了一夜的心岸还没平静下来。

"秦花，我理解你，但你也应该理解我。我怎么能不要霏霏，你为我想想，我能吗？"

泪珠溢出秦花的眼眶。"你爱霏霏胜过爱我吗？"这是她说的第一句话。

这简直是个两难推理，怎么回答好呢？

"我都爱，一个也不放弃。"

"但如果现实只允许你选择其中的一个，要你有所割爱，你怎么办？没有牺牲就没有新生，为了你，为了我，你能忍痛割爱吗？"

这话是秦花的心里话？她是怎么啦。毛头姑娘十八变，心也会变吗？判若两人呀，了解一个人难道就这么难？

沉默，难堪的沉默。

抉择常常是痛苦的，特别是在相当分量的爱的面前。尽管爱的狂热已在过去的岁月中消失了，但爱的热情还在。四目相对，足足看了她两分钟。"只要我们俩是相爱的，我们一起做你母亲的工作。"怀着最后一丝希望，龙双抓住了秦花的肩膀，抓得太紧了点。

"不，不单是我母亲，你不了解我们这儿的旧习俗。"秦花痛苦地扭转头，噙着泪跑了出去。

啊，龙双一下子仿佛跌入了冰窟窿里，迷糊中下意识地拉了拉被子，往下缩了缩，但硬邦邦的棉被特别凉，凉到脚。

人当真有两重性，多侧面？是她不了解我，还是我不了解她？是她没有兑现诺言，还是我？

"我们彼此的爱，再没有其他能胜过。每当我憧憬未来生活时，总会使我激动，使我浮想联翩。我们会幸福的，我将把全部的爱呈献于你，共同创造未来的幸福。当我们白发偕老的时候，再翻看这信的话，我们无疑会陶醉在幸福的回忆之中……"

这信是写给谁的？对了，是写给霏霏她妈竹韵的。

那天晚上，竹韵紧紧地依偎着他宽阔的肩膀，轻轻地读着这信，她是动了感情。恋人的誓言最能使人激动。小河边坐了很久很久，厚日记上写了很长很长。

后来呢？当幸福降临的时候，先前的诺言被生活挤到了一边。

当第一次发表小说时，竹韵是那样高兴，她揽下了家中的全部活计。龙双一头扑到书里。每当夜晚竹韵把一杯热腾腾的麦乳精放到他面前时，他总歉意地笑笑。接受太多，给予她的太少。

什么时候，找个机会补一下。他对妻子说的，竹韵莞尔一笑。第三次对妻子说这话时，竹韵嗔怪地说："算了，写你的文章去吧，能有成绩比什么都强。"

霏霏出生后，竹韵更忙了。龙双几次放下书，放下笔去哄孩子，可奇怪，越哄越哭；去洗尿布，竹韵说他连尿味也没洗掉。简直插不上手，妻子干脆不要他干。

"嘭！"面包车与大卡车撞一下，一车人有轻伤的，有重伤的，唯独竹韵抢救无效。

五雷轰顶也不过如此。老天为什么如此不公，偏偏对我龙双这样残酷？痛定思痛，一种难言的内疚涌上心头。竹韵是为了我死的，她操劳过度，身子太弱了，要不然，准能挺住。别人不都躲过了死神吗？这念头像幽灵般萦绕在脑际。

那封曾令竹韵动过感情的信，今天不啻成了忏悔书。从不流泪的他，这次却止不住那成串的泪。

"你把誓言写在了水面上！你，为什么？"一个深沉而有力的声音时时向他压过来、压过来。

"不，我是爱她的。我以我的人格起誓，这是真的。"

真假爱情

"哈，廉价的起誓。写在水面上的，写在水面上的！"这声音直钻耳膜，不知谁在说，但很响。

也许客观效果确是如此，誓言与生活成了两码事，但以后再不能这样。这次，总算对得住自己的良心，对得住死去的竹韵，不过，对得起秦花吗？嗨，做人难，难于上青天。

下午，就像最后摊牌。秦花的母亲来了，还有她的一个婶婶。秦花不见人影，气氛有点异样。

秦花娘一点不拐弯抹角，一开口就说："让俺秦花当后娘，我当娘的这张老脸往哪搁，这事断不成。"

秦花婶婶像是唱白脸的，笑眯眯地圆着场："龙双，俺这儿都是老派，你就退一步再走吧。孩子嘛让她外婆带，不就得啦。这事一解决，就把事办了，费用我这儿有。"说着摸出张存折来，推到龙双面前。"多办几桌，三亲四眷都请来，保你满意。"秦花婶婶那喜劲儿，直把龙双说得难以还口。

"龙双你好歹是个大小伙子，可别学婆婆妈妈。"秦花娘盯着龙双瞅个不定。

"哇——爸爸，我要妈妈，我要妈妈。"是霏霏在哭叫。

"莫哭，莫哭，爸爸不会抛弃你，不会的。"

"霏霏，来，爸爸抱。"

"龙双，还犹豫个啥，大喜的日子就在眼前了，就这么办吧。霏霏她的上海外婆疼孩子，一准会领的，放一百个心。"秦花婶婶仍是一副笑脸，但绵里藏针。

"噢，噢。"霏霏消失了，好像又在不远处。

"我想霏霏应该有个妈妈。"龙双像是自语，又像是在回答。

"哎呀，想了一晚上，还没想好。你这不是存心要咱秦花好看。"秦花婶婶的不满溢于言表。

"不行，要你那个霏霏，就莫想要秦花。"秦花娘干脆利索。

此时，龙双迫切地希望与秦花再谈一次，他寄希望于同龄人之间的互相谅解。"问问秦花看，咱俩再商量商量。"

"什么咱俩咱仨的，你别再骗秦花了。咱秦花是黄花闺女，不是什么回汤豆腐干。"秦花娘的语言尖刻起来了。

"好了，好了，争什么来着，这事我做主，就这么定。龙双你也别再使牛脾气。"秦花婶婶表面充着和事佬，骨子里一步不松。

"龙双，你与秦花姑娘的事，我们全家都支持，日子定了，就赶快来信。结婚到上海来，我们准备给你们办两桌，只希望秦花对霏霏好一点，我做外婆的就放心了。"

这是竹韵母亲的来信，是前几天来的，和那张单位开的结婚证明放在一起。这事告诉过秦花，但信还没给她看过。

龙双拿着信去里屋找秦花。里屋的说话声不高，但还能听得清。

"都快四点了，龙双还不松口，不一会吃团圆饭的都要来了，一张扬，生米就成了熟饭，到时再使劲也白搭。"秦花娘急得声音发颤。这些话，龙双听得一清二楚。

"他龙双真死不放手霏霏的话，就不能怪我们做事绝，事到这地步，顾不得许多了。我想办法叫他自己走。"秦花婶婶颇自信。

真假爱情

有哭声，大概是秦花。她躲着不见面，背后偷着哭，啥意思？是哭我没有顺从她家庭的意志，还是哭父母辈不理解儿女的心情？

"嗨，我龙双把这个家庭搅乱了。好吧，我走！省得她们再想办法。"龙双一赌气，转身想走，至门口，又停住，"不辞而别这不好，总得对秦花打个招呼，平心而论，她待我还不错。今日之事，也不能全怨她。霏霏是需要她的，我也需要她，但她不需要霏霏，不，主要是她的家庭不需要霏霏。为什么当事人自己不能决定呢？还是个大学生呢，可悲！"龙双越往这方面想越气恼，终于怀着痛苦、怨恨、失望、自责的复杂心理离开了秦花家。

外面在下雨，雨不算大，但洒在脸上极不舒服。天，阴沉沉的，四点来钟，已开始暗下来。路很泥泞，跑得快，泥水甩得后背、裤管上一塌糊涂。

去县城的车子没有了，人生地陌，转了好几圈，才找到一小客栈。

"龙双，我从来没这么愉快过。我们有许多共同点，虽然爱情有点姗姗来迟，但蕴芳愈久，往往其香愈烈，你说是吗？我们会幸福的，这点你应该相信。事业、家庭、爱情，一个美好的未来等着我们去创造、开拓。"这是秦花的信。看过四遍，已背得出，写得多动人，到底是大学生。可一遇现实，化作春水，随流而去。

"我要求她太多了吗？回上海，好好反省一下自己。初恋是纯真的，而现在，附加于爱情的成分似乎多了点。我加了，她亦加了，她的家庭加得更多。这是第二次爱情——或许这是第二次爱情的通病吧。但愿别人不是。"睡在床上驰骋思想是最自由的事，不过眼下是苦味的自由。

"喔喔喔——"雄鸡长鸣，颇有野店风味。

眼皮怎么这样涩，睁开，睁开，要赶车子。

竹韵来了，端来了一碗百岁圆子，桂花的，又香又甜。记起来了，那是三年前，大年夜写一篇东西直写到深夜两点多才睡下，妻子多体贴。嗨，成了过去，往事不堪回首。

起来，越想头越昏。

算了账走人。大年初一，外面大饼油条不知能买到吗？

"同志，吃碗百岁圆子赶路吧。"呵，是位中年服务员，一阵暖流流遍全身，昨夜的烦忧消了大半。

雨止了，天放晴了。路尽管很湿，但朝霞融融。

还早，街上行人不多。别了，小镇！再不会重见你了。龙双拎着旅行包大步向车站走去。

那是谁？她，是秦花？龙双赶紧揉了揉眼，喔，她还背着个包，似乎是立了多时了。这不是梦吧，龙双糊涂了。但眼前的车站是真的，晨风是真的，那元日的新春气氛是真的。

青橄榄

谢倩青如是说——

以前只从小说和电影中看到过地下党或间谍特务等在咖啡馆、酒吧间,凭着暗语或某样信物接头联络,想不到现在我也要去扮演这种角色了。

"市政府礼堂,十号晚上,七点正。"我默念着信上的时间、地点,按约来到。

生活真是奇奇怪怪,一只无形的手把我推到了爱情的舞台上,没有配角,没有舞台监督,我自己一个人来了,来扮演这个叫我哭笑不得的角色。

"十一排七座、九座,两张连座票。"我拿着七座的那张票,带着神秘的色彩,怀着忐忑不安的心情,像躲避什么跟踪似的从亮着

"单号"红灯的那扇门,迟迟疑疑地走了进去。

九座的他来了没有?他会是怎样的一个角色呢?我不禁埋怨起自己的莽撞。不知出于什么本能,我紧张地扫视了一下四周,还好,没有发现熟人。乱蹦乱跳的心稍定了点。常听人说什么"昏场"之类的事,没想到自己临场也胆怯了——毕竟是第一次呀!而且我又是个姑娘。按照我国古老的习俗,姑娘应该"千呼万唤始出来",这是所谓德行,所谓身价。而我现在,嗨,想想也真荒唐,我竟就这样谁也没告诉就独自来了。此刻,脚步发沉,这倒不是我故意要磨磨蹭蹭,搭搭架子,实在是心慌乱得不能自制。事非经过不知难,这会,我真是十二分地钦佩那些地下党,他们冒着生命危险接头时,那么从容,那么坦然,我却做不到。也许心虚才害怕,其实,我本不必这样慌的,我又不是做什么害国害民的事,也不是什么见不得人的勾当,我仅仅是与一个未来的男朋友(?)见面呀,这应该说是光明正大的事,平心细想,虚就虚在我俩素不相识,甚至他走过我的面前我也不知道。只有我坐到了十一排七座上,才能知道九座的他究竟是怎样的一个男子。不过,虽说素昧平生,但对他的了解并不能说等于零,我已知道他叫姚天恩,是一个很有文学修养的六六届毕业生,是一个有事业心的青年,别误会,这些话全是玲玲告诉我的。玲玲是我的同学,这事全由她一手揽办的。可事到临头,真刀真枪的时候,她却说什么有急事不能奉陪,让我一个人唱独脚主角,真要命!

去年春节,我从徐州的工作单位回娄城探亲,顺便去看望我中

真假爱情

学时的同学玲玲。多年的老同学,又是多年没见面,那话就没个完的时候。谈来谈去,话题就转到了小家庭问题上了。在我们同一届毕业的女同学中,玲玲算是晚婚的了。她自称是班上最后一名,女同学中收末底。她哪想到还有我这个底呢。起先她无论如何也不相信我仍住在集体宿舍,当我告诉她实情,说我连男朋友还没有时,她就热心地要为我介绍。

我一向不主张介绍,认为纯洁的爱情让别人来介绍,多少有点亵渎的味道。你想吧,谈朋友让一个第三者插在中间穿针引线,指挥安排,当事人岂不成了木偶,牵牵动动,还有什么劲,什么味?! 进一步而言,如果谈成了,介绍人就是有功之臣,且不说送十八只蹄膀之类的酸话,你总会觉得很过意不去,仿佛欠了他什么,还又还不清,而且在介绍人面前(不管谁大谁小)无形中自己像是矮了一辈。婚前婚后总还得双双去拜访拜访,起码也得尽尽礼节上的谢意吧。假如碰到介绍人是个热心过甚的人,接触前千叮嘱万关照,唠唠叨叨,没完没了,中间又常来关心进展,听取双方"汇报",甚至插上一手,这样那样,那有多败味! 再有,万一谈谈不满意,想断,但碍于介绍人的面子,难以启齿。有的本谈不拢了,然介绍人说这个,训那个,硬拉硬扯,不成不行,于是乎,只好言不由衷地点头答应,身不由己地勉强再谈,疙疙瘩瘩,别别扭扭,甚至就此苟合了,婚后直怨悔自己不该当初。如果真是谈不成了,崩了,吹了,介绍人面上显得不好看,彼此见着也尴尬。不说是介绍人眼力不行,介绍不当,至少也辜负了道义上的某种责任,或者说是无形中有了某种不成文的束缚。然而（这实在是个奇妙的转折词），然而人是会变的。不是吗？我就很有点违背初衷了。照小说评论家的说法，就是人物性格前后不统一。

这种变化又是为什么呢？我自己也说不清。也许与年龄有关系，也许与社会舆论有关系，也许与家庭压力有关系，也许，也许什么都不是，只是一种自尊（或者说是一种虚荣心）。反正我默许了玲玲的热情帮忙。

玲玲真是个雷厉风行的人，一下子给我物色了一位"最佳选择对象"（玲玲语）。据她介绍：此人是她丈夫的同事，今年30岁，是个怀才不遇的人，脾气、性格都好，就是太老实了点。老实在世俗人的词典里就是迂腐，更有甚者说老实是无用的别名。我猜想他大概有些书呆子气吧。不管怎样说，玲玲介绍的，我没有不信任的理由。再说这样的青年总比油滑的要好。于是，我同意了见见面。

关于见面之事，玲玲说包在她身上，由她安排（我也只能由她安排）。我在想，素昧平生，第一次见面一定挺尴尬的。我是个长于笔写而不善言谈的，他又是个老实头，到时哑场可够难堪的，这不能不做好思想准备。常听我妈讲：到啥山砍啥柴。事情既已这样了，总得有所准备。我就以假如他不开口，我该如何说，作了些考虑。这对一个姑娘来说实在是有失尊严的事，但好在我自己心里在想，旁人不会知道，不必脸红害羞的。

玲玲的安排终于妥了，让我星期六晚上，双方各以探望玲玲母子的名义去她家，作为不期而遇。玲玲说这样见面自然点（亏她想

真假爱情

得出！）。

就在星期六下午，我收到了玲玲的本埠来信。这玲玲就喜欢这样神神鬼鬼的，娄城又不大，跑一趟不得了，还写封信，不知她葫芦里卖的什么药。信上说因种种原因（天知道什么原因）原计划不能实施。建议我们俩自己在市政府礼堂见面，并附寄了张当晚十一排七座的电影票，说还是场内部电影呢，并为不能陪同再三致歉。这突如其来的变化真叫我作难。不去吧，已约好了，票也寄来了；去吧，一个女孩子去与一个连高矮胖瘦也不知道的男性见面，难免太那个了点。传扬出去，岂不成了笑话。玲玲怎么会动出这个脑筋来，倒颇有点间谍才能。玲玲呀玲玲，你是不是存心要我好看？拿着票，我踌躇再三，想去责问玲玲，可时间来不及了。想不去又怕让人空等，毕竟人家年龄已不小了，让对方无端受这种刺激不好。咋办？也不知是哪根神经触发，突然我灵感闪现，意识到这种安排很可能出自玲玲的心计。她知道我不喜欢介绍。这样一来，她不是既为我俩尽了介绍人义务，又不出面，让我们自己认识自己谈。对，有可能，如此说来，还得感谢她一番好意。那可是盛情难却，不去不成了。就这样，我匆匆赴约去了。（不，单线接头去了，去演我的角色）

羞怯虽说不是姑娘的专利，却是姑娘的天性之一。我不敢从单号那边直接走过去。我故意绕到双号那头，偷偷地望一眼十一排九座。这一望不打紧，直望得我心怦怦直跳。他已来了，正低着头在看什么。看他那样儿，哪像等第一次见面的姑娘，倒像坐在了图书馆阅览室里。"老实人，书呆子"，我头脑里再次跳跃着这两个字眼。

也许，就是这会儿，我才猛地发觉，会堂里的灯是这样通明，每个人的脸是这样清晰，甚至一个微小的表情也都暴露无遗。我仿佛觉得进场的观众不是来看电影的，像是来看我的。我没有勇气在灿烂的灯光下走过去，去坐在他身边。我不敢，真不敢，我起誓！

我不时偷偷地瞥他一眼。直到灯光倏然灭掉，他似乎没抬头过，更没有东张西望过。我有些气他，又有点感激他。我心里在想：难道他忘了今天该演的"戏"？

不能再立在过道里了，服务员来干涉了。我等眼睛稍稍适应了一下黑暗后，就怀着惶惶不安的心情来到了十一排，轻轻地挤了过去。我紧张得心快跳出来了，嗓子干得像有火，面颊像烤在火上似的，眼睛里像是有眼泪的样子，但又不是，我一眼也没敢看他，两眼直瞪瞪地看着银幕，可银幕上放的是什么，我一点也没看进去，只觉得人像走马灯似的，来了去，去了来。他好像扭头看了我一眼，我如坐针毡。浑身极不自在，这当儿，我脸一定很红很红，因为我觉得两颊烫得很，好在光线不亮，掩饰了我的这一切。镇静、镇静，我命令着自己。此时的他，大概并不比我好多少，因为他也像我一样，正襟危坐着一动不动，像是坐佛打禅，静练气功，赛过在比谁更有能耐。刻把钟过去了，他没响，我也没动。不过，我狂跳的心在减速，就是脑子里乱糟糟的。曾听人讲，恋人在朋友面前，脑子的信息反应特别快，特别灵。可我的切身体会却否定了这一点。因为我的脑子这时又像什么都在想，又是什么都没想，就像

真假爱情

失灵了的计算机,尽管不停地运行着,数字在显示着,可并不是正确的答案。

既来之,则谈之。我希望他开口,也暗暗鼓励自己开口,但不知何从谈起。记得在哪本书上我看到过:女人的一生无不沉浸在爱中,但只有在做了母亲后,对于自己的孩子才是主动的爱。除此以外,都是被动的爱,看来不该我先开口。我不禁恼恨起他来了,算什么男子汉,连这点勇气也没有,还谈什么朋友,怪不得到现在还是光棍一条。忽而我又依稀记起《圣经》上说:爱人比被爱更伟大。如此说来,真正的爱得我主动,我先开口。不过,爱对我们俩而言实在还为时过早。那么,礼节礼貌又到哪儿去了呢?我决定打破沉闷,谈得成就谈,谈不成拉倒,总比干坐在这儿活受罪要强。

大概人的自制是有一定限度的,沉默的他终于在我前头开了金口。

"玲玲说她很抱歉,不能来了。"

真不能想象,第一句话居然是这!

"已很难为她了,搞到这么紧张的内部票。"接下来,我就像学生答问似的,他说一句,我接一句。虽然我们在小心翼翼地说着话,但仍各自煞有介事地看着银幕。

银幕上出现了一个浴缸中几乎全裸的镜头,一片嘘声。

"我们出去走走吧,这里的空气太混浊沉闷了。"

像一个顺从的妻子似的,我跟着站了起来。

马路上,店堂的灯火通明,霓虹灯在眨巴眨巴着眼睛。我随手把票根扔了。他竟弯腰捡了起来，笑笑说道："这票根还不能丢。"我一时没悟过来，有些好奇地看着他。直到这时，我才看清了他的脸，平心而论，他人长得不俗，颀长的个子，清瘦的脸，戴着一副玳瑁边的眼镜，浓密的黑发显得蓬乱，深沉的目光给人以稳重的感觉，应该说，颇有点大学生风度。我不禁脱口说道："像你这样大学生风度的人，在马路上拾一张票根，不怕有失风度吗？"

不想我的话正好戳在了他的伤口上。他苦笑着说："别打趣我了。我高考数学差几分没及格，贻笑大方。正规大学这辈子恐怕是进不去了，不过，社会大学、自学大学还是要读的。至于这张票根嘛，或许会有留念意义的。"

他的坦率使我吃惊，又使我高兴。或者说正是他的这种坦率，得到了我初步的好感。就这样，我的心理防线消融了。我们逐渐没有拘束地谈了起来，话题也投机了。我们谈十二月党人、法国大革命，谈马丁·伊登的遭遇、娜拉的命运，谈保罗·萨特的存在主义、弗洛伊德的心理学，他还谈他工作的单位等。我也谈了微山湖畔静悄悄的黄昏，刘邦故乡的大风歌碑，谈着谈着，我还讲了普陀山的庙宇、香客……我不知别人是怎样谈恋爱的，反正，我们没一点是扯到那上面去的。不过我隐隐觉得我俩有许多能引起共鸣的东西。也许这就是爱情的基石吧。是甜蜜？是苦涩？总之，我举起了人生的酒杯，在开始品味爱情的滋味了。

姚天恩如是说——

才接触半个月，我们俩就有点坠入情网的味道了。

真假爱情

记得以前见那种旅途邂逅，一见钟情，数日或数月就难分难舍，甚至匆匆结合的，谓之"闪电式恋爱""速成爱情"，明显地含有贬义。而现在轮到自己头上，才知道爱情是没有模式的。慢有慢的道理，快也有快的原因。未必慢就好，快都不好，世界上的事难说得很。

迅速发展的原因何在呢？我问自己——有共同语言，对，这不假。但怎么会一见面就谈得那么多？——尽管我对朋友的选择条件里没有外貌美这一条，但相貌（用我的字眼就是气质）还是对我起了一定的作用。一对素不相识的人见面，第一眼的印象就是气质（包括外貌），也许，爱美是人之常情这法则是很难抗拒的。我这样想，是不是有点庸俗呢？不，谁希望自己的朋友是丑八怪呢。我心安了。

没有什么说的，她挺秀气，美丽，但万万没料到，就因为她的秀丽，竟很快招来了第一个反对者——那就是我的大姊。我大姊虽说早就出嫁了，但在弟妹的恋爱问题上，她仍是绝对权威。她若看不顺眼，那噜噜苏苏的话可就多了，弄得大家难堪，十有八九告吹完结。旁人或许会觉得古怪，但我家就是这种情况。形成于何时？为何形成？我说不清，好像是应该如此的。我有时想想，年迈的双亲都这样老实，与世无争，有大姊这样泼辣、有主见的人来管一管家庭中的事，还真是桩不坏的事呢。不过，说心里话，对大姊的这种权威我是不舒服的，但也有几分承认。事情坏就坏在这里。

大姊真是个厉害人，她才回家了一次，不知怎么就看出我情绪与以往不同,一个劲地追问我谈朋友了没有。事情才有点眉目,还难预料结局如何,叫我怎说才好呢。大姊又是个爱刨根问底的人,她若一串串连珠炮似的问题向我开来,我还不知能回答出多少。不过对于大姊,不说是不行的。说就说吧,最多被她唠叨几句,她坏心眼是没有的。于是,我把大概的情况讲了一遍。

她没听我讲完,就嚷开了:"好了,好了,简直可以写小说了,哪有像你们这样谈朋友的,恋爱大事变成了儿戏一般,三十来岁的人了,还这样不懂事……"大姊的话很多,尽是教训我的,不想一一援引了。我很不服气大姊的话,就说道:"那么都像你和姐夫那样认识,恋爱、结婚,才算标准恋爱公式喽?!"大姊并不计较我的讥讽口气,诚恳地说:"现在各种骗子很多,你要小心上当受骗。"听听,这是什么话。难道我老同学玲玲介绍的,还能坑我不成,可大姊听不进我的解释。她坚持要我至少先把小谢的照片给她看一下。天哪!哪有什么照片。我们谈得是投机,只是互赠礼物、交换照片之类的事,压根儿都没有过。我说没有,大姊不信。她说:"顶多难看点,这怕啥,丑媳妇总要见公婆的。我作为大姊,要对你负责,相片虽说是死的,但多少也能看出些大概来。人刁奸相,人好老实相,大姊不会看错的。"

我急了,发誓说没有照片。

大姊这回终于相信了。她想了想说:"好吧,那干脆去看看她本人。或你们明天在什么地方见面?我在边上看一下,也好让我心里有个谱。"

真假爱情

"不行，不行！不能这样，我不同意！"这像什么话。在马路上偷偷地看，岂不把人家当商品了。我认为要看就正大光明，由我正正式式邀她到家里来，彼此见见面。不过她肯不肯来，我没把握。再说一般规矩，姑娘一上门，事情就有了一半成功的希望，至少关系又进了一层。好，明天对她说说看。我把这意思跟大姊说了，大姊又是一迭声的反对，说我老实得不可救药，说人坏人好还不清楚，就急急带回家来有啥好处，万一有什么事的，人来过家了，四邻五舍都知道，以后怎么处理？

我不想唐突大姊，她毕竟是我的大姊，但她的这种种说法太小市民气了。斤斤计较些无关宏旨的事，鸡毛蒜皮丁点的事也要前后左右横考虑，竖考虑，我不习惯，也做不来。算了，索性让我们的关系顺其自然发展，大姊要嘀咕，就让她去嘀咕。

热恋（这个词汇也许用得并不精确）期间的我们感到时间的速度似乎超过了正常的步伐，不知不觉竟个把月飞逝而过，她的假期将到，该回单位了。记得江淹《别赋》有："黯然销魂者，唯别而已矣。"恰如其分！

说心里话，我喜欢上她了，脾气那么温柔，丝毫没有高价姑娘的习气，从来没要求我陪她去百货公司或什么商店，新华书店、文化宫、电影院倒去过几回。一个女性，知识面这么广，看过那么多世界名著，难能可贵。只是我对她笃信耶稣很有意见。我真弄不懂，一个知书达理的青年女孩，怎么会去信奉上帝。在我俩的接触中，有两件事我是违心的。一次是她从一个串街的小商贩手中买了一个镀金的十字架送给我，我说不要，但她执意要作为礼物送给我，我见她那真诚的态度，只得勉强收下。还有一次我去约她，她说有事，要我陪她去。待到了教堂门前，我才知道她要进去做弥撒。我觉得好笑，善意地嘲讽了她几句。她肚量倒挺大，一点不像生气的样子，反而说了一通怪论：什么现代哲学认为唯物主义与唯心主义并没有截然分明而又难以弥合的鸿沟，唯心主义在人类文明史上有其独特的贡献；并非无知的人才进教堂，单用愚弄人，麻醉人灵魂之类说法，是无法解释宗教的盛行的；人的精神总要有个寄托，信仰问题是个难讲清的复杂问题，等等。够了，够了，确实够复杂的了。我私下认为这可能与她的家教有关系。

让我也进教堂，这未免太滑稽了，但我终于随着她进去了。也许见识见识也不坏。在这个问题上，我对她是不满意的，但十全十美的人哪去找。再说，我相信自己总能说服她的。不过，在我内心，是有疑问的——她为什么把精神寄托于缥缈中的耶和华？

教堂出来，我有意无意地把话题扯到这个问题上，问她一个从事化验，对微观世界的分子结构有所了解，对宏观世界的星云说、宇宙大爆炸理论也略有所知的人，怎会跨进上帝的门槛？

兴许我不应该过于直率，过早地问她这样的问题，我明显地察觉，这个问题使她很为难，似乎戳到了她的隐痛上，她的脸微微惊变了一下。

沉默。

默默地走了一大段路，我没再开口，她也不响。将要分手时，

真假爱情

她忽然对我说:"天恩,明天我要回去了,晚上的轮船。有件事想告诉你。"

她要告诉我什么事呢。为什么今天不说,一定要到明天走前讲呢?难道——,我不敢往坏的方面去想,也不愿往坏的方面去想。怀着不安的心情,我精神恍惚地回到了家。

一进门,就见大姊来了。大姊神态严肃地告诉我,据她打听的结果:小谢曾坠过胎!是吧,难道这是真事?虽然,路上我已就最坏的可能性有了思想准备,但大姊打听来的消息还是像闷雷轰顶般震得我发蒙。不!不会的,她不是这样的姑娘。兴许只是不足信的传闻。但这事怎么会传到我大姊的耳朵里去的呢?太蹊跷了。

"大姊,你不要去信那些没边没影的小道消息,小谢不会有这样的事的。"我口气很硬,实则心里有点虚。我能凭什么过硬的材料来证明她没有这种事呢,我没有,只有不愿相信这是事实的信念在支撑着我。

"好了,别感情用事了。我是从她隔壁邻居那儿打听来的,不会假。"

我虽然不是个封建脑瓜子,但这样的事终究太不雅。不仅她原来美好的形象开始扭曲,就是已有的情感也好像蒙上了阴影。如果真有其事,绿帽子之类的话倒可以不必计较,可我们的爱情还有什么纯洁可说呢。

大姊要我表态,要我断。

割爱是痛苦的事。我以没有证实为由,拒绝了大姊的要求。但如果一切都是真的，我是不是像世俗的人一样，心安理得地切断与她的关系？难道真像大姊说的，女孩子的事，什么都能原谅，唯这种事不能原谅吗？！

我失眠了。如果说前几天也有失眠，那是沉浸在愉快的回忆与幸福的遐想中，而现在失眠，是抛不开的烦恼，消不去的忧虑。

爱情本是甜蜜的，但常常也伴有苦涩的成分。

"大姊是为我好。不，大姊是干涉我的爱情。不，她也是出于好心……"我不愿再想了，可走马灯似的各种想法搅得我头昏脑涨。

第二天，我买了两盒西点与一篓橘子去送她。她的行李很沉（有不少书），可我的脚步更沉。我像等待着什么噩耗来临似的等着她告诉我一件事（但愿不是大姊说的那事）。

别人一定以为我俩难分难舍呢，说不定她也这样猜度我的心情。

临上车前，她终于说了："天恩，我不想掩饰自己的观点，我对你印象很好。看得出，你对我看法也不错。但你对我有些情况并不了解，我觉得，我们在明确关系之前，有件事还是告诉你为好。"说到这里，她突然戛然而止，转过了脸，我好像听到她喃喃地说了句："圣母玛利亚保佑！"

直率与真诚是检验爱情可靠与否的试金石，她如果不讳言她的失足（也许主要并不是她的错，但有这事看来是无疑了），我为什么一定要像封建的遗老遗少那样苛求她呢，为什么不能原谅她呢。

我的心反倒平静了，仿佛一下子灵魂净化了。

进站了，排着的长龙拥着挤着，不容我们再说什么。

真假爱情

我送她上去，临上车时，她递给我一张折成燕子状的纸条，说："等开车后再看。"我轻轻地点了点头。其实，我不看已知道了。俗话说：男性的骄傲，女性的自尊，真是一点不假。

车消失在铁轨远处。我打开了纸条，清秀的字体写着："天恩，我动过手术，不能生孩子了。你郑重考虑后再决定。如果你和你的家庭同意的话，你就来信，如果那个的话，你权作认了一个妹妹。"

动过手术？——令人费解。

正这时，背后传来"小姚，小姚"的叫声。玲玲急匆匆地奔上了月台，显然是迟到的送行者。我本能地把纸条往口袋里一藏。玲玲是过来之人，一看就猜了个八九不离十，她问道："倩青把那事告诉你了？"我索性把纸条递给了她。玲玲看了看说："倩青五年前生了子宫瘤，看上去像怀孕的样子，去医院检查，有一个医生竟让她去妇产科。有些好搬弄是非的人说得很难听。但事实总归是事实，后来确诊后，就动了手术，连子宫一起切除，这样一来就失了生育能力。为此她很苦恼，加之有人冷言冷语刺激她，流言蜚语中伤她，使她一度心灰意冷，就这样把人生的希望寄托了上帝。"

我不信上帝，但玲玲的话像上帝的福音书。"上帝保佑她一路平安！"我情不自禁喃喃自语了一句。

啊，爱情真是太奇妙了。我像嚼青橄榄似的嚼出了味。苦涩已消了，回味好甜。

猛然，我想起了这消息该告诉大姊。对，我飞快地奔出了车站，竟忘了与玲玲打招呼。但愿她能谅解我此时的心情。

五分之一

一

"谁想出这个馊主意,谁生不出儿子!"外号叫"大象"的相大鸣恨恨地诅咒着。

"生了儿子也没有屁眼!"潘安一觉得余恨未尽,恶毒地补了一句。

房间里,五个小伙子有四个躺在床上狠命地抽着烟,一面猛吸猛吐,一面说着骂着,越说越来气,越骂声越高。

这是一九七六年岁尾时,杨树屯煤矿406房间里的一个镜头。

常言道:每逢佳节倍思亲。小伙们早就说好结伴回去探亲。!

真假爱情

可就在一小时前，指导员却宣布说："为了把之前损失的时间夺回来，决定元旦组织放高产，来个开门红！因此，没有特殊情况，元旦、春节期间，每个班组探亲人员不得超过五分之一……"

这决定太意外了，也太残酷了点。

指导员最末一句话还没说完，底下就像开了锅，七嘴八舌，吵吵嚷嚷，骂娘的、发呆的、带哭腔的、腹诽的，什么都有。有几个不天怕、地不怕的，冲着指导员干了起来。

其中，五大三粗的相大鸣是第一个出头椽子。他声高气粗地责问："你们都没有爹娘的？没看到我们东西都准备好了吗！"

矮矮瘦瘦的指导员一脸严肃，面孔上像是抹了半斤糨糊，绷得紧紧的。他静静地听着，扫视着每个人的反应。看来，他是有所准备的。

"不行，说什么也得回去，算旷工也要走！"女朋友在家里的蒋天平一急，冲口说了这么一句。

指导员是多年的老政工人员，很会掌握火候。对于刚才几个新工人的咋呼，他只听不响，现在见有四年工龄的蒋天平说出这种话，立即紧接着蒋天平的话音说："现在不是旷工不旷工的问题。放高产是新形势的需要，是革命的需要！！"

这一席话，字字有分量，句句金石声。

会场顿时像放炮间隙的迎头，风锤齐息，静得可怕。

二

一时间，406房间里烟雾腾腾。

相大鸣觉得一支支抽不过瘾，索性两支接在一起抽。年龄最小的虞立章本不会抽，这会也一边咳着呛着，一边大口大口地吸进吐出。好像这能排解烦闷，吐掉霉气似的。

只有被戏尊为"博士"的万搏没在抽烟，也没响过。他望着床边一只只鼓鼓囊囊的旅行包，在想着什么，并不时在日记本上写着。作为副班长、406室公认的头儿，有些事，他不能不考虑。

毋庸讳言，五分之一是对406室人与人之间关系的一次严峻的考验。

在此前，406室五位小伙子相互间是怎样一种关系？他们的关系能否经得住这次挑战与考验？——还是让我们回过头来看看他们平时的生活吧。

远的不说，就从上次休班那天说起吧。

在一般人的想象中，矿工的休息日不外乎打牌、吹牛、喝酒、闷睡。其实不然，至少406室并非如此。

这天早上，起床一看，嚯，一片白！昨夜一场大雪，把整个矿区装扮成了个银色的童话世界——看，银色的井架、银色的矸子山、银色的煤田、银色的树……

真假爱情

"别辜负了这美好的景色!"

"拍雪景!"万搏的提议在欢呼声中全票通过。

兴高采烈的小伙子一个个拾掇得齐齐整整,像模像样,井前井后,转悠了半天,着实选了不少好景头。

最后一卷软片还剩四张。这时相大鸣想出了一个极为来劲的主张——拍雪地肌肉照!

这可不是闹着玩的,在零下十几度的雪地里光着膀子拍照,没有健硕的体质,无论如何也吃不消。

万搏不肯照。

这太扫大家兴了,怎么肯罢休!

蒋天平第一个不答应,发了通妙语连珠的宏论:雪地肌肉照显示新一代矿工体质好,拿去参加摄影展览,说不定还能得奖;就是留给子孙看,也是一大骄傲。

潘安一与虞立章虽说还没有勇气脱光衣服在冰天雪地站一站,但却十二分希望看一看相大鸣来一张。

万搏拗不过大伙的软磨硬逼,只得勉强同意。

他选择了一个避风的地方,事先调好光圈、速度,测好距离,让相大鸣在屋里脱了衣服,披上大衣出来,待站到选定的位置上,一甩大衣,万搏立即按下快门。

好家伙!相大鸣还在皮肤上抹了防裂油,肌肉一鼓,一块块隆起来,闪闪有光泽,威武极了。这犟牛,他怕只拍一张不保险,坚持要多拍几张,不停说:"不冷,不冷!"

万搏怕他受冻，也不和他争辩，以最快的速度，以各种光圈、速度连照四张。

当最末一张按下快门，蒋天平把大衣一下披到相大鸣身上，推着他就往屋里冲。

"真棒，好去参加健美运动！"万搏由衷地赞美。

相大鸣听万搏也这样夸他，来劲了。他口气蛮大地说："咱江阴人，身体就是棒，比起——"

"少吹吹，算你们江阴出强盗，有名气。"潘安一刺了他一句。

相大鸣正在兴头上，冷不丁被潘安一戳一枪，着实窝火，他火气十足地说："你们无锡什么玩意儿，贼伯伯！"

蒋天平的嘴就缺少把锁，见他俩争起来，他插进去半真不假地说："我当裁判，江阴无锡半斤八两，一只袜，袜一只。为什么呢？"他故意顿一顿，卖个关子说："俗话说'江阴强盗无锡贼'，彼此彼此。"

这一来，相大鸣与潘安一都气得发晕，两人前嫌顿释，矛头一致对着蒋天平。

相大鸣凭着身大力不亏，一下把蒋天平的手扭到了背后，威胁说，如果不恢复名誉，赔礼道歉，就手下不留情。

蒋天平连忙往万搏床上蹿，一不留心把万搏床里边的一大堆书碰翻了。书是万搏最心爱的东西，万搏急得大叫："书，书！你们像话吗？"万搏是难得有脾气的，这一声已足够把一屋子的人镇住。蒋天平、相大鸣都十分尴尬。万搏意识到自己的态度不够好，

真假爱情

连忙缓了口气说："吵啥，哪有什么'江阴强盗无锡贼'，其实是'江阴强（qiang）桃无锡蚀'，意思是江阴的桃子太便宜了，在无锡蚀本了。"

406室一向认为万搏上知天文地理，下知鸡毛蒜皮，他的话看来是不用怀疑的。经这么一解释，双方都满意，皆大欢喜，战斗气氛冰消雪解。

相大鸣放了蒋天平，说："逃了一顿打，罚你讲个故事。"

大伙一致赞成。

蒋天平的嘴有点小名气，客气点的叫他"蒋铁嘴"，随便点的叫他"蒋牛"，而他一律当补药吃。就算吹牛当场被戳穿，或实在不能自圆其说，他也无所谓，打个哈哈，自嘲自解，一笑而过。虽二十五了，还是小孩脾气，这张嘴也不知多少次惹是生非了。不过，大伙实在都喜欢他，他是406室当之无愧的"娱乐委员"。

这会，蒋天平故意拿足了架子，摆足阵势讲了起来。

话说春秋战国时候，秦始皇爹的爹，叫秦什么公的，有次带着侍臣公胜冶长到御花园去玩，走过御池时，突然看到池中有几只大乌龟一齐伸直颈，昂起头，嘴一张一张，好像在说什么。

公胜冶长就是因为通晓鸟语兽言而博得垂青的。秦某公就问他："爱卿，那几只大乌龟在讲什么来着？"

公胜冶长听了会，竟然听懂了。他告诉秦某公说："大乌龟在说——"说到此，蒋天平往床上一躺，说："算了，不讲了，讲了也没意思。"

这太吊人胃口。

相大鸣哪里肯答应，一把拎他起来，逼着他讲下去。连小姑娘似的虞立章这回也连声催着蒋天平讲出来。

蒋天平要的就是这效果。

他坐起来一本正经地学着古人的腔调说："启奏陛下，乌龟说要听故事。"

"什么？"——这不是被他作弄了吗？！

"揍他！揍他！"屋里几个人，除了万搏自顾看书外，相大鸣等三人一齐扑上去，把蒋天平翻过身来，每人打了两下屁股。

蒋天平大叫："一人一支海绵头，一人一支海绵头。"

这一叫果然管用，相大鸣先放了手。

蒋天平把一包压扁了的"凤凰牌"一人发一支。

不一会，房间里布满了烟雾，呛得万搏连忙开气窗。

万搏是绝对禁烟主义者，要求406室集体戒烟已不知多少次了，但收效甚微——不瞒读者说，相大鸣他们几个在万搏的劝说下，少说也戒过五六回烟。遗憾的是，最短的仅几小时就破戒，最长的也只个把星期。

万搏被烟呛得书也看不进。他一边用书扇着扑过来的烟雾，一边说："再过几天，都要回家探亲过年了，还是把烟戒了吧，在父母面前叼着烟，像啥样。"

万搏的提议首先得到虞立章的响应。他实在是不会抽，也不想抽，但怕被别人说他娘娘腔，没有男子汉气魄，所以场面上也充样抽几口，常呛得泪都淌出来。对他来说，抽烟等于是受罪。

烟瘾最大的是相大鸣，每次戒烟后第一个破戒的总是他。这会儿，他猛吸一口，说："还有半包，抽光后保证戒！"

潘安一是房间里最精打细算的人，平时不大买烟，吸"伸手牌"的多。戒烟对他来说无可无不可。他扬扬手里的海绵头说："抽了这支不吃了。"

蒋天平原打算探亲前戒掉烟。万搏的话像瞌睡送来了枕头，他趁此爽爽气气地把剩下的"凤凰牌"往墙角一扔，说："戒，小狗不戒！"

最后一致同意立戒。蒋天平当场把一盒火柴点着，一下全烧光，决心可谓大矣，相大鸣、潘安一也各自把自己的火柴烧光。

蒋天平大概觉得还不足以表达自己的决心，他在墙上画了只大肥猪，在旁边写道："从今日起，406室全体人员戒烟，谁再抽，谁就是猪猡！"写好日期后，又龙飞凤舞地签了自己的名字。接着，相大鸣、潘安一、虞立章也一一签名，煞是郑重其事。

闹腾这半天后，已是半夜十二点左右了。万搏把灯拉灭后说："睡吧，明天还得早起，去赶集采购。要不，又爬不起。"

三

杨树屯煤矿离县城好几十里地，交通又不方便，方圆几十里只有逢五逢十的赶集还算热闹，能买些东西。小伙子们明早的任务是去集上采购带回家去的土特产。

一年才一次的探亲，能不买些当地土特产回去？再说，当矿工的又不缺钱花。

虞立章的母亲患有神经官能症，为了给娘补补，他买了核桃、红枣、芝麻等。万搏、相大鸣、潘安一的旅行包里也装满了花生、花生米、赤豆等。五个人中，只有蒋天平已有女朋友，所以他买得最多。他说女朋友喜欢吃柿饼，特地买了一大包。总而言之，每个人的包都装足装满，每个人都准备把肩胛皮压破，肩胛肉压肿。

如果时间老人那不慌不忙的步子可以帮助加快的话，相大鸣他们一定会毫不犹豫地背着他疾走个三天三夜。

慢啊，越想家，日子过得越慢。

告知回家的信一封接一封发出，叫早一点回去的信一封连一封收到。

蒋天平女友差不多三天两头有信来。每次来信他都公开朗读一遍（事实上，不公开也不行。与其在武力下公开，倒不如乖乖地自己公开），当然，朗读时，有时难免会有些打埋伏或打嗝愣念不下去。逢到这种情况，大伙照例取笑一番。

这一段时间来，不管谁来信，几乎一律是盼早点回去，祝平安回家之类的话。五个人都心痒痒的，但五分之一的限额一下子把回家的路给拦了。五分之一，也就是说406室只能走一个人。

谁走了好？谁肯留下？

上头一句话，难了小班长。这难题咋解？万搏不能不为此担忧。

406室虽然差不多天天打打闹闹，吵吵嚷嚷，但骨子里还是很和睦，很团结的。现在，蓦地横下了五分之一这一杠，这相处以来的和睦、团结，还能保持下去吗？

曾有多少好友、同事，在切身利益冲突的时候，翻脸成仇，夭折友谊。万搏不敢往下想，可又不能不想。

万搏已意识到自己的担心并非是多余的。看！上个休班时郑重其事地戒烟，这不又完了。如果仅仅是又一次戒烟失败，那倒也罢了，问题的严重性是五分之一给406室和睦团结的关系上蒙上了阴影。

四

五分之一——谦让？互争？

万搏在想这个问题，其他四个人也在想。事关切身，谁能不想。

相大鸣虽说平时大大咧咧，凡事马虎得很，但想家的程度并不亚于其他几个。他心里思忖：如果五个人挨个摆条件评，自己是难轮上这五分之一的，但假如自己喉咙一响，拳头一撩，局面是有可能改观的。不过，也许从此将失去四个人的友谊。这使他翻来覆去，决定不下，也睡不着觉。他每一翻身，都压得铁床"吱轧吱轧"地响。响声在寂静的冬夜，在这空气仿佛凝固了的406室，显得特别刺耳。

最睡不着觉的是蒋天平。你想想，早就对女朋友说好回去过节，女友望眼欲穿，可临到最后，又走不成，这岂不叫人急煞！她会怎么想？哎，要是我蒋天平还没谈朋友，我一准胸脯一拍，大大方方地说："这名额我让了。"但现在不能让，怎么能让呢！他们四个人会谅解我的苦衷，把五分之一让给我？这种可能性并不是完全没有，但比较下来，竞争性最强的要数虞立章。他年纪最小，平时总像大家保护下的小弟弟。他母亲的病又是人人知道的，要是他突然说不回去，他娘会不会病上加病？他小虞能不躲在被窝里哭鼻子？

难啊，做人难，今日始有这么深的体会！

他真想跳到虞立章的床上，拉起他问问："你打算怎么办？"

突然，他听到床那头蚊帐里似有低低的哭泣声。他连忙屏息细听，又没有了。是自己的幻觉作用，还真是虞立章在哭？

虞立章确是在哭，但又不敢哭出声。他怕让宿舍里的人听见，又被他们说。记得刚到矿上时，因想家，他哭过一回，被蒋天平他们讥之为"娘娘腔"。虞立章最不愿别人说他这个。

刚才没进被窝前，他竭力装得没什么大不了的样子。这会，却再也熬不住了——他毕竟才十八岁呀！他想家，他想娘。他连着好几天做梦，梦见家，梦见娘，可现在——仅五分之一！我能争得过谁？论嘴，论拳头，哪点也及不上人家。母亲有病，这是事实，摆出来兴许会照顾我。但照顾了我，他们四个怎么办？就是回去了，心也不安呀。一年来，他们个个就像大哥一样，处处护着我。平时干活，总让我干最轻最没危险的，想起这些，连仅有的一点竞争勇气也消失得无影无踪。

他暗暗流了泪,似乎这样心里能舒坦些。侧耳听听,其他四个床位,除了潘安一没响声外,都不时在翻身。

看来潘安一已经做好不回去的准备了,要不,怎么这样安心?这很有可能。从五个人的情况看,他回去的竞争性最小些。

事实上,这一夜,406室谁也没睡好。虽然彼此并没有就五分之一进行竞争,但思想上的交锋无形中很是激烈。

啊,辗转难眠的夜!

五

五分之一的名额在这星期要定下来,各连队要把走的人名单报矿人事组审批备案。

有的班组为了这五分之一争得面红耳赤,甚至相骂打架的都有,还有的弄虚作假,做些小动作,总而言之,闹得很不团结。由于此,生产也大受影响。

牌总是要摊的。

这几天万搏感到压力很大。自己不回去,已成定局,虽说姐姐要结婚,家里等着他回去。

在这事上,身为副班长,总得拿点风格出来,要不以后的工作怎么开展?他已写信给家里,做了解释。家里的一头,可以说放下了一半心,最担心的是开会讨论名额时,会不会面对面吵起来。要避免,一定要避免。

上策？中策？下策？靠行政手段？靠平时的那点威信、面子？靠某种小手腕？他想了又想，想了又想。

六

指导员吸取了其他班组的经验教训，亲自掌握掘进三班的五分之一名额讨论会。

这天，平时开会坐不住，常在井下转的连长也来了。连长是几十年的老矿工，井下经验十分丰富，就是脾气急躁。他这人，你平时掏他烟抽，抢他酒喝，他都不在乎。唯在井下，凶得跟什么似的。你如果在干活上耍刁偷巧，那他绝不放过你。他会拳术，你要跟他顶撞，他火一冒会摔你一个跟斗，连"大象"也较量不过他。在井下，青工们没有不服他、不怕他的，今天他一屁股坐下，确有点威慑力量。他是管生产的连长，不能容忍这股吵闹风再刮下去，漫延每一个班组，影响井下生产。

指导员一番无懈可击的开场白后，即进入五分之一名额的讨论。指导员说得很明白：提别人、提自己都可以，但一定要摆出实际困难。

冷场。

往常一学习就无轨电车乱开，一开会就下面小会热热闹闹，指导员止也止不住，这会儿却谁也不响，难得的"好风会"。

相大鸣闷着头只顾抽烟；

真假爱情

蒋天平心不在焉地翻着报纸；

虞立章低着头，盯着自己的脚尖，谁也不看，一声不吭；

潘安一很自在地修着指甲，好像与己无关；

万搏担任记录，没啥好记。他来回扫视着大伙的表情，似乎他不是记录员，倒是观察员。

主持会议的人最怕冷场。常言道：闭嘴不开口，神仙难下手。一个个不吭不言，指导员又不能撬开一个个的嘴巴。要是指导员自作主张，定下谁回去，谁留下，那立时三刻会成为众矢之的。

指导员沉思良久，开了口。他说："好吧，既然大家都不提名，就是表示能克服困难，那么三班的五分之一名额就放弃了吧。"

这一激将法果然收到立竿见影的效果。

"谁说放弃？我不放弃！我回去！！"相大鸣腾地站起，说完又重重坐下。

"我也不放弃，让给我好了。"蒋天平再也忍不住了。

"不放弃！""谁说放弃？""我回去！""我也要走！"……

沉默的会场一下子你嚷我叫。

抓准时机，看准目标，指导员以少有的好态度点着相大鸣的名，说："大鸣，你先摆一摆具体困难，够格的就让你走。"

指导员知道，相大鸣是有名的出头鸟，又生性胆大好逞强。今天要是他摆出理由说回去，估计很少会有人与他竞争；如果他说不去，少说也能带动三四个不回去。指导员深信：自己抓相大鸣这一个，是抓到了点子上了。

然而，出乎意料的是，相大鸣只没好气地说了句："给就给，不给就拉倒，有啥好说的。"完了就闭口缄默，再不说一句什么。

连长坐了这么一会，早就憋不住了。这慢吞吞的会议节奏，他受不了。他决定放一炮。虽说他平时一头扑在生产上，其他事不大过问，但他与工人的关系比指导员好，井下放炮间隙常拉呱聊聊，各人家庭情况他多少知道点。凭这，他很干脆地说："我看让小虞回去吧，单凭他年纪最小，你们也得让让他，再说他娘那病也不能受刺激。"

老实说，连长提议让虞立章回去，最根本的出发点还是生产，他权衡下来，让小虞走，对放高产影响最小些。当然，这不好明说。

平时，大伙对连长是卖三分面子的，但在这个问题上，竟然没有人理会。

又是沉默。沉默成了会议的主调。

要打破，要打破！此时不讲，更待何时。

万搏放下笔，有点紧张地说："僵下去，浪费自己的时间，我有个不是办法的办法，不知大伙能否通过？"

"啥？"

"快说！"

气氛一下两样了。对于万搏的点子，大伙一向是佩服的，连正感到棘手为难的指导员也寄予了很大的希望。然而使指导员大失所望的是，万搏的所谓办法，竟然是摸彩。

这怎么行，乱弹琴！指导员很不以为然，挺严肃正经的事，怎能搞这种儿戏。但指导员的反对意见压不住大伙活跃起来的情绪，出自不同的想法，几乎一致欢呼这古老而神秘的方法。

对于摸彩，万搏好像早有准备。他拿出一叠纸，分别写上"留"与"走"，并一一给大伙过目。临到摸时，他又提出一个宿舍归一个宿舍摸，说是使之名额平衡。

摸彩开始了。

相大鸣照例是第一个。他朝手掌心吐一口口水，使劲搓了几下，再把手伸到万搏的口袋里，结果摸出个"留"字，自认霉气，长叹一声，闷坐一边。

蒋天平划了个十字，嘟哝着什么"圣母玛利亚保佑"什么的，结果也摸出了个"留"字，气得他狠狠地摔了那纸。

潘安一最坦然，很随便地摸了一张，一看也是"留"字，没响啥，不像其他人气急的样子。

还有两张。万搏摸了一张，把剩下的一张给了虞立章，并说了句语带双关的俏皮话："祝你好运气！"

虞立章像怕烫手似的，拿了又放下，他不敢看，他等着万搏打开纸头。

"留"！万搏的一张也是"留"。不用说了，"走"字纸条归虞立章所有了。虞立章抓起纸头，冲出门外，去看了。在门外，他禁不住流出了泪，激动的泪、感激的泪、喜极的泪，说不清。

406室既然给虞立章抓了彩，大伙也觉"天意"公平，没啥好抱怨的。

大伙都说他手气好。这事，只有万搏自己心里有数，但他不动声色。

一场风波总算平定下来。

七

虞立章是个从小就失去家庭温暖的人。在他很小的时候，父母就离婚了，他与他娘相依为命。这使他养成了现在这种内向的性格。也许由于此缘故吧，他对别人的照顾、关心特别敏感，特别容易感动。来矿后，刚下井那阵，真有点怕，但406室的人待他可好。对于这，他铭记在心。出于一种报答心理，他平常在宿舍里泡水扫地都很勤快。他看到相大鸣粮食不够吃，就把每月省下的代粮券送给他。他觉得只有这样，心才能有所安。

现在，自己盼着想着的这个名额竟然奇迹般地落到了自己头上，而大伙一点没反对意见，他心中的感激之情难于言说，只觉得眼眶有些湿润。一想到自己占了这五分之一的名额，又有一种对不起406室的心情，回宿舍后，他主动提出："五个人的东西，由我一个人带回去。"这个提议说到了蒋天平的心上，他拍拍虞立章说："够朋友。我和'大象'负责送你上车。"

五个人的东西由虞立章一个人带，这大大超出了他的能力。万搏本不想让他带啥，但又不愿拂了他这一番真心实意，就装了一塑料袋红枣，让他捎回家。只有潘安——一点没让他带，他说："算了，你一个人带这么多东西，路上管得过来？丢了，算谁的？"听这口气，他是不放心让虞立章带，怕弄丢了，到时叫赔又开不大出口。这潘安一，小九九就是会拨弄。

八

警卫室黑板的电报栏上写着：

潘安一电报

电报的译文是：母病重，速回！

一丝笑容浮上他的嘴角，他很得意自己的算计。

潘安一拿电报时，突然瞥见还有份电报是指导员的。他看了一眼内容，上面的译文是：母病危，速回，切切！

潘安一心里暗暗在想："哼，原来你指导员也有这一手。"

指导员来了。

他接过电报，迅速看了一下，呆了半响，把电报塞进了口袋，默默地走了。他那严肃刻板的脸上，几乎看不出有什么显著的表情。

潘安一本想追上去，把电报交给指导员，然后请假、办手续，以最快的速度买票、乘车回去——他相信，凭着手里这张电报，是有希望打破五分之一的框框的。但他考虑再三后，决定"不到火候不揭锅"，再等一等吧。不急在这一天半日，最好等虞立章明天走了再说。更主要的是，他要看看指导员咋办？你走了的话，对不起，踩着你的脚后跟走，名正言顺，谁能拦？对，就这么办！

九

406室一行人都来到了车站。

乖乖！鼓鼓囊囊，六只大旅行包，外加两只小挎包。那六只旅行包没有一只不是死沉死重。这些行李，就是让相大鸣一人带，路上也够呛，现在由虞立章一人带，实在叫人担心。但虞立章毫不在乎，他故意轻松地说："只要你们送我上车，下车时有同学来接，保证节前把东西给你们送到。"

406室的五位小伙子虽然都是苏州专区的，但各人各县，一家家送，还真不容易呢，可虞立章固执地坚持要自己去送，大家也领了他这份情。

绿杨尽头出现了车影子。

相大鸣把两只拴在一起的旅行包往肩上一搭，两只手又各拎一只，一副超级大力士模样。

车，飞驶而来。不是班车，是矿工医院的救护车。

"怎么，井下出事故了？"大家不约而同地这样想着说着。

也许是。

自从最近进入断层破碎带，连长就多次提醒大家要注意冒顶。连长说："从岩壁的渗水情况看，很可能还会遇到地下暗河。"为了安全，连长几乎吃住在井下，凭着他丰富的井下经验，已防止与避免了多起冒顶事故。

难道连长今天没下井？对了，连长被特邀去参加矿务局的什么"开门红誓师大会"了。

不是说明天开始放高产卫星，今天做井下准备吗？万搏心不定起来，犹豫片刻。他对相大鸣说："'大象'，你负责送虞立章上车，我去井下看看。"

十

井口已围了不少人。

是冒顶！据说还有人堵在迎头没上来。两名受了伤的矿工已送上井。

万搏与指导员几乎同时到达井口。

指导员的脸色铁青，以绝对没有讨价还价的口气对万搏说："快把班里的人集中起来，下井抢险！"

万搏像战场上的战士接到上级的进攻命令一般，二话没说，转身就奔车站。

班车正好刚到。相大鸣俨然是全副武装的大将军，做好了第一个冲上去的准备。

当万搏把情况急急说明后，相大鸣有些六神无主。那、那怎么办？救人如救火，刻不容缓！嗨，两头放不下，真真急煞人！

虞立章一把拉下相大鸣肩上的旅行包，一迭声说："快去，快去！我这儿你不要管了，我一个人慢慢上，总有办法的。"

万搏、相大鸣、蒋天平、潘安一以短跑冲刺的速度奔向矿灯房。

十一

这是次不小的冒顶。顶上塌下一个大约直径七、八米的圆锥形乱石堆，把迎头堵了个严严实实，巷道顶端一个大窟窿，黑洞洞的，不时有湿漉漉的石头滚落下来。

指导员抱着一大捆铁铲、铁镐，着急地说："快，快挖！迎头还有小何与小五。豁出命，也要把他们救出来！"说着，第一个抡起铁镐干了起来。

万搏、相大鸣他们立即挥铲的挥铲，舞镐的舞镐，拼力挖石。没干多少时候，突然上面又"哗"地塌下许多石块，吓得潘安一赶紧退到后面。

顶上黑森森的窟窿不时掉下几块石头，怪吓人的，还有那滴滴答答的水冰凉冰凉。潘安一等几个挖几铲，向上瞅一阵，躲躲闪闪。指导员见此，急得喉咙口像是火烧着似的，他看了下表，算算时间不少了，急得大声说道："不能停！跟我上！"

常言道：身教重于言教。瘦小的指导员冒着危险干在最头里。小伙子们的血热起来了。大家不顾随时有再度塌方的危险，飞快地挖着。

"快停下！危险！！"如同一声霹雳，好大的嗓门，好厉害的

真假爱情

口气!——是连长来了。

除了指导员,都停了手。对于连长,矿工们是十二分信赖的。连长一到,大伙仿佛有了主心骨。

"不行,救人要紧!"指导员的脸严肃得有些怕人,那口气更是斩钉截铁。他看着退到连长身后的小伙子,气急地说:"好,你们都停,我一人干!"

连长察看了一下窟窿,估算了一下落石量,果断地说:"万搏,赶快调一台风钻来,向迎头打洞,先送空气进去!大鸣,你带人运坑木来,要快!天平,我们在这儿搭井字形木架,先堵住冒顶。"

连长像个指挥若定的将军,有条不紊地指挥着。

安排停当,连长从矿帽上取下矿灯,拿在手里当手电,他爬上乱石堆,细细看着窟窿顶端的岩石情况,这是孙悟空识妖的一双火眼金睛呵!哪怕蛛丝马迹的预兆也难逃他观察。

不好!看样子靠指导员那侧又要冒顶。

"指导员,快下去!"

指导员只顾干,也许根本没听到。

连长从乱石堆上往下跳,像扑食的猛虎一般,直往指导员那边蹿去,他想推开指导员,但来不及了,就在这一刹那,几十块大大小小的石头又一下塌了下来,有一块正好砸在指导员肩脖子上,血染红了衣领。

蒋天平一个箭步冲上去,把指导员背了下来。潘安一赶快掏出手帕,给指导员擦血,他完全没注意,一张电报纸随着手帕掉在了地上，躺在蒋天平手臂上的指导员看到了，他忍着剧烈的疼痛，拾起了那张电报纸看了一下，带着一种自责的口气说："你昨天就来了电报，我也不知道。你怎么不说一声，特殊情况特殊处理。你母亲病重，可以不受五分之一的限额。"

汗，在潘安一头上渗出。

"我，这是——"他嗫嚅着。

十二

"小潘，你负责把指导员送上井。"连长关照着。

"不，你们快抓紧救人，我歇一会就好。"指导员怕为他耽误了时间，发急了。他用手撑着地坐起，靠着巷道壁，催着蒋天平他们跟连长干。

万搏把风锤扛来了。

"眼子打在这儿，往这个方向打。里面有了空气就能坚持。"连长指点着。

"突突突，突突突"风锤吼叫了起来，仿佛喊着："快快快！快快快！"

坑木也源源运到。

相大鸣真是好样的，别人两人抬一根木头，他一人抬一根，还跑在头里。

一根、两根、三根……整根整根的木头在连长的指挥下搭起了

真假爱情

一个镂空的巨大井字形,井字在升高,升高。

"再上来两个人!"连长喊着。

"来了。"随着这一声软侬的吴语,上来的竟是虞立章。

潘安一见是他,很是奇怪,问:"怎么,你没走?"

"你们一走,我正犹豫要不要上车,车已挤满,关了门。算了,索性下井来看看。"说实在,六只旅行包,没有人送,就算上了汽车,也上不了火车。

干了一会,虞立章忽然想到说:"指导员娘病故了,警卫室让我把电报带给他。"

如果说,潘安一见虞立章没走,惊而奇之,那么,当他听到指导员又来"母亲病故"的电报,更是猛一震动。他报颜了,悄悄把口袋里的电报纸揉成一团,扔在了乱石堆。

他十二分卖力地干着,似乎唯有这样,才能使他撒过谎的良心有所弥补。

上头仍有零星的石块往下掉着。

井字形的木架已快接近窟窿顶端。越往上,危险就越大,因为万一有石头掉下来,人在高高木架上,避也无法避,跳也不能跳,全靠连长边干边看,不时提醒大家。

也许高度增加了,也许是累乏了,那木头在每个人手里越来越沉。

"连长、天平、安一,来来来,每人来两个肉包。"指导员艰难地沿着井字木架向上爬着,把一锅肉包递了上来。

好家伙，原来光顾了干，不知不觉已好几个小时了，肚皮早饿得贴到了背脊。刚才，一门心思在"快"上，饿也忘了。现在蓦地见到肉包，人人觉得饿得发慌。

"瞎子磨刀——快了。再加把劲，上面铺上木板，就顶住了。"连长自信地说。

"下面也快了，已通过风锤打的洞，和里面通过话，小何、小五也在拼命挖，与万搏他们那边就要挖通了。"指导员这一说，大家的情绪顿时好了许多，刚才沉闷的空气为之一扫。

"蒋天平呢？"指导员一边问，一边找。

"正高高在上，摸着天，吃肉包哩。"蒋天平在最高一格的木头上。指导员见他在上面，就招呼他下来，说："你女朋友来矿啦。现在等在招待所，你上井好了。"

蒋天平一愣："是吗？"

她竟来矿上，这使他喜出望外。蒋天平如猴子般敏捷地爬了下来，下到一半，停了，想了想说："干完了这再上井，干，快干！"

"你上井好了。"连长倒也很体谅小青年的心。

"嗳，不急，'两情若在久长时，又岂在朝朝暮暮'。"蒋天平把写情书时的两句宋词也脱口说了出来。

"快干，干完了，我上井负责买鳜鱼、螃蟹。"相大鸣在下面大声地毛遂自荐。

"我来操刀掌锅。"潘安一也认了自己的特长。

"那我呢？"虞立章着急地问。

真假爱情

"你为他们站岗放哨。"相大鸣这一说,大家都笑了。

"通啦!通啦!"下面万搏惊喜的叫声盖过了上面的笑声。

"通啦!通啦!"上上下下都叫了起来。

风雨湖西寨

宗汉周——N市医学院的高才生,被"发配"到苏鲁皖三省交界处的湖西寨劳动锻炼。

他只知道湖西寨在微山湖边上,而对微山湖,也只记起《铁道游击队之歌》里有"西边的太阳快要落山了,微山湖上静悄悄……"太阳落山,意味着黑暗,不过如真能静悄悄,倒是他所祈求的——这可能吗?他只能摇摇头。关于今后的生活,他不敢多想,又不能不想。

这是个雨天。

仿佛有千万只大大小小的喷雾器在漫无目标地喷射着,田野里灰蒙蒙、湿漉漉的。阴郁的天气,阴郁的心情。

汽车并不直通湖西寨,再往里去,就只有马车、驴车了。坎坎坷坷的车道上，除了一条条杂乱的车辙辘印，连个人影也不见。

宗汉周看看表，已四点多，他决定冒雨赶路。要不，在这前不巴店，后不挨村的三岔路口，天一黑咋办？

他硬着头皮，背起铺盖，拎着行李，艰难地在泥泞的乡间道上一脚深一脚浅地挪着步。不一会儿，皮鞋就成了泥鞋，衣裤也湿透，连绒线衣也潮润润的。这且不说，那泥浆呀甩得后背衣裤、铺盖上斑斑点点，密密麻麻。背上的铺盖贪婪地吸着雨水，越来越沉。旅行包与网线袋更是成了该死的累赘，恨不得发发狠，扔掉算了。最讨厌的是戴着的眼镜，让雨水淋得模模糊糊的，几米外就看不清，走走擦擦，擦擦走走，手帕早湿了，擦也擦不干净，反正是混混沌沌的一片，真要命。哎，这鬼天气！这鬼地方！

人的愿望是随着环境而变的。现在宗汉周唯一的愿望就是快点到公社，或者路边快点出现一间房子，好避避雨，甚至路上碰到个人也好，就是出十块、八块，只要能替他带带路，拎拎东西，那就心满意足，阿弥陀佛。

路上，连个狗也不见。这么冷的天，又下着雨，谁会在这泥泞的路上喝西北风？

什么叫狼狈？他现在是深有体会。好在四野茫茫，没人见，没人说，没人笑话。

在乡下，大路小路差不多，很难分辨，又没路牌什么的，全凭熟悉。可他初来乍到，只略知方向，眼前这三岔路，究竟走哪条，只有天晓得，咋办呢？

希望越大的事往往越失望，绝望后又常常有新的希望出现——这是真的。看，前面雨幕中，不是隐约能见一人影？是的，八成是一个赶路的。老天有眼！宗汉周就像饥渴的沙漠旅行者突然发现了泉水，他顾不得其他，大声喊叫起来。

雨，实在不能算大，但风不小。宗汉周的喊声在旷野的风中，像鼓乐齐鸣时低哑的笙所发出的音响，淹没于风的声嘶力竭中。

也许当地人的听觉就是灵，前头的人影停住了。宗汉周拼出吃奶之力气，踩着泥水赶上去。

看清了，一位个头不高，戴着竹笠，披着蓑衣的老人。这是张饱经风霜的脸，布满的皱纹如木刻版似的，很难真切看出有多大年纪，也许六十，也许七十。

老人用冷峻的目光打量着宗汉周，就像边防哨卡发现了可疑的陌生人。

不过也难怪，在这偏僻的乡村，在这黄昏的雨中，出现他这样一个狼狈不堪的南方人，怎能不引起老人的警惕与奇怪。

宗汉周连忙叫声："大爷，我是分配到这儿来劳动锻炼的，不认路了。"

"噢。"老人茫然地点点头，似乎明白了什么。老人没有明显的表情，既不露笑容，也不再问什么，只是上前拎起宗汉周的旅行包与网袋，生硬地说道："走吧，跟我樊芦根走吧。"

宗汉周实在是吃不消了，也就没推让，默默地跟着老人朝前。天，黑得真快。没走多久，田野就暗了下来。宗汉周暗暗庆幸碰上

真假爱情

了这位好心的老人，真该好好谢谢他，"给他五块，不，十块吧。"

大概怕他拉下，走一段，老人停下回头瞅瞅他。突然，老人像想起了什么大事似的，赶快把竹笠往落汤鸡似的宗汉周头上一戴，还要脱蓑衣，这可急坏了宗汉周，这如何使得。但老人硬是把蓑衣往他身上一披，也不说啥，顾自头里走了。

这不淋了老人，哪说得过去。他想把蓑衣还给老人，只好把娘胎里带来的劲全拼上，可紧追慢赶，总差那么一段路。

七拐八弯，也不知走了多少路，前头出现了一个村庄，这是樊庄，湖西寨公社属下。

几乎清一色的泥墙，柴草顶，大部分没有窗户，少数几家在山墙上有个三角形的洞，用柴草塞着。每一户院里都有一两棵枣树。光秃秃的枣树，大都老态龙钟，杂乱的枝杈，在雨中就像干枯的兽爪，越发显得阴冷、死寂。

到了。估计这就是以后要长住的地方。宗汉周感到一阵冷意，穿着湿了的衣服也确实冷。

"爹，医生请来啦？！"

一个急切而充满希望的声音从一扇褪了色的黑漆门里传出，随着这一声喊，一个早就守在门口的姑娘从屋里奔了出来。这姑娘也不管三七二十一，抢下宗汉周的铺盖就往屋里拿。

宗汉周倒蒙了，"她怎么知道我是医生？难道世界上真有第六感，遥感而知？"

进了屋，宗汉周第一件事是用湿手帕擦眼镜，重又戴上眼镜后，他才看清：眼前这姑娘约二十稍出头点，黑里透红的脸，又黑又粗的长辫，大大的眼睛，高高的胸脯，粗犷中显出秀美，像未经雕琢的璞玉。

这姑娘是老人的小女儿，叫芦花。芦根的女儿叫芦花，顺理成章，庄户人起名就图个好起，好叫，好记，吉利。

芦花去厨房端了盆热水来，意思叫宗汉周擦把脸。宗汉周一看那灰乎乎的毛巾和红砖颜色样的陶脸盆，怎么也伸不下手，忙说："我有，我带着毛巾。"一边从挎包里摸出毛巾，象征性地擦了一下。芦花并不在意，也没什么不快，她端过去叫她爹擦脸。

老人蹲在屋角，正发狠地抽着旱烟管，一边还用树根似的手抹着眼泪。老人的脸像贫瘠的土地上收下的红薯，刀刻似的皱纹越发显得苍老，干瘦。

"大爷，您怎么啦？"宗汉周局促不安起来，以为自己的来到为难了老人。

芦花也注意到了她爹的反常脸色，急了，说："爹，医生不是请来了吗，你这是干啥呀？"

老人知道女儿误解了。他放下旱烟管，双手抱住剃得光光的脑门，恨不得把头全埋在里面，半晌，才又气又急地说："姓邵的不肯派医生来，叫明天抱去。这不是坑了孩子吗！"老人说着，无声的泪就滚落下来。

听爹这一说，芦花脸色顿变。来人不是医生，孩子咋办好？芦花像根木桩似的僵立着，近乎绝望。

真假爱情

老人终于抬起头,对芦花说:"这位干部(他把穿中山装的都叫作干部)是来锻炼的,给搭个铺。"

芦花"嗯"了声,机械地挪着步,不声不响地去拾掇床铺。

"哇——"西屋传来嘶哑的哭声,像被扼住了喉咙的孩子在嘶叫,在呻吟,在挣扎。作为医生,宗汉周对此是敏感的,他连忙问:"孩子怎么啦?"从刚才父女俩的谈话中,他已猜到几分。

老人与芦花刹那间像触了电,慌不择步地奔向西屋。

"雁来、雁来,你醒醒!你醒醒呀!!"

"苦命的雁来,救命的菩萨咋不显灵啊。"悲怆的声音,像锤、像针,敲在宗汉周胸口,刺在他心上。

病孩,医生——这儿是多么需要医生啊!他忘了自己是来锻炼的,疾步跟进西屋。

西屋更暗,几乎没有一处光线的来处。点上昏暗的油灯后,只见床上躺着个孩子,捂得严严实实。孩子四五个月模样,脸呈病态的青紫色,一摸额头,烫得烧手,不用量,凭经验,有四十度上下。宗汉周没带听诊器,就给孩子切切脉,脉息微弱,呼吸浅弱而不规则,并有间断性的抽搐,一股说不出味的混合气体直冲鼻子。不用问也知道,上吐下泻过,根据初步诊断,孩子是小儿高热惊厥,生命危在旦夕。

必须立即送医院抢救!

在宗汉周切脉望诊的时候,老人与芦花像呆了似的看着,几乎连呼吸也屏住。待老人听宗汉周说要立即送医院抢救,才一下醒悟过来，脱口漏出一字："你？"

"我是新分配来的医生！"宗汉周明白，此时此刻需要权威性。一种责任感使他毅然亮出医生的牌子，尽管他是来锻炼的。

"医生？你是医生！"仿佛是天国的使者突然降临，老人激动得嘴唇微微颤动。他身不由己地趴在地上朝宗汉周磕了个头，嘴里喃喃念叨："老天有眼，救命菩萨，真来了救命菩萨。"

宗汉周慌得赶快扶起老人，不晓得怎样说才好。一个极普通的医生在他们眼中竟是如此神圣，宗汉周来时的阴郁心情一下扫了大半。

老天正哭得伤心，一时三刻就别指望它止哭收泪。雨天，黑得早，屋外早黑沉沉一片，只偶尔在远处隐隐有一二点灯火亮着。

这地方没有通电，夜来出门一盏马灯，进屋一盏油灯。

伤脑筋！在这只有风声、雨声，连狗都不吠的夜晚，要把病危的小雁来送到公社卫生院抢救，看来不行，小病人哪能受得如此折腾。唯一的应急办法是赶快去公社卫生院弄些针药，临时抢救一下。

宗汉周用冷毛巾敷在小雁来额上，取出随身带的银针，在合谷、大椎、曲池等穴位进行了针刺。

一条小生命交给了宗汉周，系在了时间的天平上，要快！每一秒都是宝贵的。

宗汉周里面的毛衣已拧得出水，背脊上冰凉冰凉，望着黑森森的夜，他打了个寒战，犹豫了片刻。

"走！"——时间就是一条小生命呀。

"把湿衣服换了走。"芦花一急，话冲口而出。

老人被提醒，直拍自己脑门，骂自己糊涂，直逼着宗汉周快换衣服。

时间不等人，不能为这些事磨蹭。宗汉周戴上竹笠，大步走向庄外。

野地里只有风声伴着雨声，假如没有这风雨声，这乡村的夜就会静得可怕。

老人是个不爱多言语的人，他只极力把马灯光照在宗汉周前头，过水洼时不忘拉他一把。宗汉周很是赧颜，自己一个二十多的小伙子，却让一个上了年纪的老人挽着、护着，这哪说得过去。可平生第一次在这黑夜走这泥水路，真不好对付。加上他早精疲力竭，外带这副倒霉的眼镜，宗汉周是要争气，无奈气不争，滑了一跤又一跤，弄得泥猴子一般。

樊庄到公社卫生院竟有十来里路。如果是在上海的马路，或者是能跑汽车的公路倒也罢了，这水泥浆似的乡间道真够呛。这大概算是宗汉周来后的第一个锻炼课题。

赶到公社卫生院已八点光景。大门关得死死的，里面寂静无声，连一丝光亮也没有，敲门敲得手发痛，才有人骂骂咧咧来开门。

一个睡眼惺忪的瘦高个子探出了头，见是樊芦根，本想发作，但瞥见边上立着个陌生的南方打扮的人，吃不准为何许人，就试探着问："找谁？"

老人小心翼翼地说:"海龙的孩子病得厉害,求您来买些药。"

瘦高个子一听,火来了,"早下班了,哪有人。天王老子来也没办法。"说着就要关门,似乎没有半点商量余地。

宗汉周见他说得如此死,急着抢前说:"同志,我是新分配来的医生,孩子是小儿惊厥,有危险,急需用药。"

瘦高个子见是新来的同行,不便再打回头票,叹口气说:"我也不当家,钥匙在邵队长那儿,只要她肯给钥匙,药,我一准发。"一副爱莫能助的样子。

看来多说也无用,唯有快去找邵队长。

老人一听要找邵队长,来时的一丝希望,顿时像马灯的火,在风口上一下被吹灭。他狠命地拍着脑门,喊着:"海龙,你死得好冤啊!"

宗汉周像坠在了雾里梦中,但此时又不便多问,就对老人说:"走,找邵队长去!"不过此时,宗汉周心里在纳闷,这邵队长是怎样个人呢,咋老人一听找邵队长就这个样。

宗汉周哪里知道,傍晚时在三岔路口碰到老人那会,他就是打邵队长家碰了壁回来的。

这位邵队长是公社副书记邵山钟的妹妹,叫邵天香,以前做过几天赤脚医生,后来以贫宣队队长的身份,进驻公社卫生院,成了卫生院说一不二的实权人物。这位顺风顺水的掌权千金就是在婚姻问题上不顺,因为高不攀,低不就,蹉跎了黄金岁月,到现在26岁还孑然一身。26岁的姑娘没婆家,在大城市不算稀奇,在这儿却是非同小可。家里为她急，她自己也急，但难在所谓门当户对，急又急不成，气力不大出，于是，渐渐成了脾气乖戾的老处女（在湖西寨，像她这样年龄，尚无婆家的，冠以老处女是绝不过分的）。

就是明知热面孔去换冷屁股，也得去试试呀。权，在她手里，有啥法。

邵队长的家在公社大院。青砖瓦房，这在湖西寨是数一数二的高级住宅。一般种田的望而却步，而樊芦根今天已斗胆第二次来访。

邵队长的门就更难敲开，老半天才有人隔着窗（这在当地的民用住房中是极稀罕珍贵的装饰）没好气地问："谁？啥事？"

老人吃一堑，长一智，不敢上前贸然答话。宗汉周隔着窗，把事情说了一遍。邵天香一听是新来的医生，心怦然一动。她点亮灯，破例让宗汉周进去。宗汉周见她披着件棉袄，扣还没扣，脸一阵热，忙退后一步，说："我在外面等。"

"哪能不进屋。看你，都是医生，还这么封建。"邵天香一边扣着棉袄扣子，一边拉过把椅子，那架势是非让进去坐下不可。有事求她，宗汉周也不便太拂她兴，就回头招呼樊芦根一块进去，但老人死活不进屋。

看样子，邵天香对药并不熟悉，她打开不大的一间药房，让宗汉周自己找，自己挑。

宗汉周简直不敢相信，这就是卫生院的药房。各种瓶装的、袋装的、盒装的药片、药丸、药水，混杂放着。要找的药究竟有没有，得翻遍后才能下结论。宗汉周小心谨慎地翻寻着。

这当儿，邵天香以审视的目光打量着这位新来的医生。宗汉周虽然浑身泥浆，有些狼狈，但仍不失勃勃英姿，那南方大城市大学生的气质与风度，更是一望而知。

"上海人？"此时邵天香问的，与来访的宗汉周想的完全是两码事。

"嗯。"

"医学院毕业的？"

"嗯。"

"二十五六了吧？"

"嗯。"

"是党员？"

"嗯。"

"啊呀，你我真是同志了。几年党龄？"邵天香有点激动。

"噢，不，不是党员，是团、团员。"宗汉周刚才心不在焉地回答着，待明白自己说了些啥，连忙更正。

这很扫邵天香的兴。她俨然以领导的口吻说："争取嘛，党的大门始终是开着的。"

找到药，办好手续，已十点多。邵天香仍审讯官似盘根查底地问着。开始，宗汉周还客气地应答着，但见她问得有些出格，心里有些反感，心想人家急在火里，你笃悠悠闲扯磨牙，算啥。宗汉周连敷衍的兴致也没有，但碍于面子，只好趁她没紧问时，客客气气地告别。

真假爱情

待到家已过半夜，宗汉周今天傍晚起到现在，一直在与泥浆路打交道，累得他再多迈一步也快提不起脚，真恨不得一头倒在床上，睡他个三天三夜。这时，就是睡草堆、睡地铺，他也会衣服不脱，一头栽下，立时鼾声大起，顿入梦乡的。

但不行啊，孩子要紧！

雁来药吃下，针打过，渐渐平静下来，昏昏入睡。

据说，处在紧张之中的人是会忘掉疲劳，忘掉睡眠的，但一旦任务完成，大功告成，那神经一松，瞌睡虫马上会趁机而入。宗汉周大概正处在这种境地，眼皮已不再属于他自己的，重得像坨铅，上下眼皮就像涂了胶水。记得曾与同学开玩笑辩论：到底三天三夜不吃难熬，还是三天三夜不睡难受？当时他一口咬定不吃难熬。现在看来，这结论未必是正确的。睡的魅力是这般大，不亲身体会不相信。

他想睡，但不知睡何处。他想问，可没好意思开口。

这时，芦花端出了一大盆煮地瓜和两碗薄糨糊似的东西，说是点点饥。宗汉周也确实饿坏了。地瓜喷香，很可口，他大口大口嚼着，那糊味淡淡的，他喝不来，没想到是地瓜的另一种吃法，是用地瓜干磨成粉熬的，叫糊涂汤。

待吃完地瓜，喝完汤，樊芦根又去墙角落摸出一瓶印着"粮食二曲"的酒，瓶上尽是灰尘，有大半瓶酒，看来已珍藏好久了。老人用袖口擦了擦瓶口的灰尘，伤感地说："这酒还是海龙结婚时的呢。"

宗汉周见老人几次这样提到海龙，预感到发生过什么不幸，但萍水相逢，不便多问，只得且闷在肚里。

芦花又端上一盆洗过的青萝卜，一碗切好的生洋葱，几棵剥好的大葱，无疑是下酒菜。宗汉宗几乎绝倒，这菜不烧不煮，无盐无醋，怎吃得下，他看着这别具一格的佐酒菜直发愣。老人拿出两只小酒盅，斟满后，就要与宗汉周干掉。宗汉周难得喝酒，即便逢场作戏喝一点，也是小口小口地呷，从没整杯干过，吓得他连忙声明"不会"。

但老人不容分说，已端起自己的酒盅，说："看得起我老叔，就干了这一杯。"

宗汉周听说这儿的人讲义气，再推辞就是见外了，便毅然端起酒盅，像喝中药似的，一仰脖子喝了下去。乖乖！这酒好呛人，那股浓烈的味直冲鼻子，烧得喉咙口发烫。老人见他干了，打心眼里高兴。到这时，他那愁云密布的脸，才算略略露出一丝笑容。

老人一个劲地劝他喝，让他吃菜，宗汉周实在是喝不下，吃不进，但盛情难却。常言道"入乡随俗"，如这点也不能适应，以后如何在这儿劳动锻炼、生活下去。宗汉周责备着自己，鼓励着自己，硬着头皮喝着呛人的白干，嚼着生大葱。

宗汉周酒量有限，喝了两杯后，就有点昏头昏脑，更想睡，但老人因难以表达谢意，只频频劝酒。三杯下肚，老人话稠了，他讲起白天去邵队长处受气的事。

老人感慨万分地说："要是卫生院多来几个像您这样的好人，

雁来他娘、他爹，兴许都不会死了。"

原来，老人有个独生儿子叫海龙，是个棒小伙子。两年前结的婚，哪知祸从天降，他媳妇生雁来时，产后感染，因缺医少药，延误了抢救，海龙眼睁睁地看着媳妇怀抱雁来含恨死去。海龙哭得死去活来，差点发疯。可你不懂医，不识药，哭顶啥用？这一带，哪年不发生这一类事。芦根老人痛苦地摇摇头，长叹一声，猛干一杯。

老人的诉述使宗汉周内心受到极大震动，眼前仿佛浮现出一幅可怕的图像，耳畔也仿佛响着："医生、医生，你来呀！来呀！"宗汉周忘了自己是来劳动锻炼的，好像是中央委派到此的全权医生，他感到自己肩头分量沉沉，他产生了解这儿的过去的愿望，他催着老人讲下去。

出乎意外的是，小雁来竟然活了下来。可是谁又能想到，不久庄上传出：雁来是克星投胎，克死了他娘。几天后，庄上樊大车的老婆麦嫂，私下对人说：海龙媳妇托梦来了，说她没死，在棺材里闷得慌，叫海龙去扒坟开棺，但开棺前须当场摔死小雁来，否则，就还不过魂来。这荒谬极了的消息在庄上竟越传越活灵活现。几乎天天有人来海龙家问长问短，天天有人去海龙媳妇坟上看动静。海龙虽念媳妇心切，但到底识几个字，有点知识，不肯相信，芦花更是一百个不相信。然而，玄乎的是几天后，海龙与他爹都先后做了相似的梦。芦花讲这是日所思夜所梦，但樊芦根却多少有点疑疑惑惑，半信不信。海龙呢，则像变了个人，常独自发怔，发呆。这一来，迷信的更信了，好事的来劲了。不少人都有意无意地怂恿海龙扒坟开棺。海龙还是不信，不肯，但已不很坚决。他爹呢，怕队干部干涉，再说是个男孩，想想划不来，要是个女的，倒无所谓。

　　也是巧事。那天芦根父女俩去郝家寨有事，不在家。海龙呢，正好在那块坟地周围干活，几个好事的撺掇着海龙上，经不住人们的激将法，海龙被连推带搡地弄到坟前。几个愣头青自告奋勇地扒了坟。事已如此，似乎逼上梁山了。棺材已露出，只待开棺。但这摔孩子的事，到底谁也不敢自告奋勇。此事看来非海龙自己来不可。海龙此时两难，又痛媳妇又痛儿，但如果媳妇真能活转，孩子总有得抱。庄稼人要娶一房媳妇不容易呀！但毕竟手中是自己的亲骨血。海龙抱着雁来，泪下无语，怎么也下不了这狠心，豆大的汗滴从他额上滴下，连衬衫也湿透。当时在场的人都看愣了，谁也不敢再多插嘴，各自的一颗心都悬着。胆小的缩在了人后，年纪大的叨唠着"罪过罪过"，有的则念着"阿弥陀佛"，人们屏住气，盯着看，既想看，又实在怕看。

　　海龙像个蹩脚的三流杂技演员，在台上当场出彩，不知如何是好。正尴尬着、僵持着，人群东面突然一阵骚动，一个姑娘挤了进来。她疾步奔到海龙面前，劈手夺下小雁来，虎着脸说："哥，你是鬼迷了心窍，还是咋的？人死不能复生，这是最起码的常识，你不懂？孩子有啥罪，你倒忍心摔死他，你心好毒啊。"

　　海龙用拳砸着自己的脑袋，蹲在坟前，像个委屈的孩子哭了。

　　芦花这一抢，围观者立即大哗，有喝彩的，有骂的。芦花也不与之辩论，抱起雁来就往家跑。

真假爱情

孩子一抱走，看热闹的松了口气，大都没了劲，但仍有几个不罢休，嚷着叫海龙开棺，此时，小雁来已抱走，海龙一跺脚，说："开！"

待众人七手八脚把棺材撬开，里面的人哪有一丝活气，连脸膛也青黑黑的，煞是难看，更兼一股臭气熏人。开棺的围看了都像泄了气的皮球，再鼓不起劲，甚为无趣地散去。但流言却随即蜂起：说海龙心不诚，阎王爷惩罚海龙。甚至有的说，雁来这克星不去，海龙早晚也要被克死。

海龙对这些并没放心上去，他的心已冷漠，仅有的一点热——父爱，都放到了小雁来身上，这可是樊家单传呀。海龙明白，再要想续弦，是难上难。这千儿八百的票子哪来？算了，绝此念头吧。现在，唯一的念头是把雁来抚养大。但一个男人，侍弄个孩子也实在不易，好在芦花时时照顾着小雁来。要没有芦花的帮忙，海龙爷俩真不知该怎么办才好。

照乡俗，一个未出嫁的姑娘，这样做是犯忌的。但芦花不在乎，你讲你的，她干她的。日子一久，流言也自然而然平息，最多饭后田头偶然有人扯上几句，也没人上劲，听听而已，怪淡味的。

可是事有凑巧，到秋上，出事了。海龙在每年例行的抢割芦苇时被湖东的戳伤致死。

原来，微山湖浅滩与河中高出水面的土墩上长满了芦苇，但归属问题一直未解决。湖东的说是他们的，湖西的讲应该归他们所有。因此每到秋上芦花飞白的时候，湖东、湖西就各派年轻力壮的小伙子抢割芦苇。虽说芦苇不如麦子、棉花金贵，但也值几个钱，对穷得口袋里布头贴布头的庄稼人来说，这是笔相当可观的收入，而且又是不用花本钱的现成收获，谁肯轻易放弃。于是乎，一到日子，双方就如临大敌，湖东湖西各排出阵势，仿佛古代打仗一般，往往从拳打脚踢到刀棍齐下，每年总有一两个人伤残。凡伤残，双方都以英雄相待，队里额外补贴工分，这就使血气方刚的年轻人在抢割芦苇时个个摩拳擦掌，舍命相拼。也许是仇结深了，这次双方都精选了身强力壮的小伙子，带了自制的各式械斗家伙，什么铲呀、棒呀、鱼枪、獾叉、三节鞭、大刀等，那民间的十八般兵器几乎全了——所谓武装抢割，以壮声势。

自然，又从对骂到动手。俗话说"相骂无好话，相打无好拳"，及至一骂一打开了场，形势就急剧恶化。待有人一流血，双方眼就红了，不知那个莽小伙首先操起了家什，就此混战起来，彼此各不相让，挥这的，抢那的，乱成一团。

邵山钟作为现场指挥官，不愧是民兵营长，他高喊着："下定决心，不怕牺牲……孬种的给我下！揍，揍他奶奶的小舅子！"

在这场原始的械斗中，双方各有伤残。海龙被对方一獾叉刺中大腿，血直流。硬汉子海龙抓一把土涂在伤口止血，咬咬牙，又挥拳向前。虽然痛得钻心，但"越是艰险越向前"嘛，他硬是不肯下"战场"。

终于，海龙支持不住，倒在地上，抹泥的伤口，血又迸出，浓得似乎手也拿得起，暗红色的血真怕人。

真假爱情

当天夜里，海龙出现了反常现象，牙齿咬得紧紧的，面孔出现一种哭笑不得的惨笑，人莫名其妙地抽搐，呼吸也渐渐困难，怪吓人的，上了年纪的人说海龙是中了邪。

第二天一早送公社卫生院，外科医生刚好不在，因为是英雄，邵天香亲自给抹了红药水，倒了消炎粉，用纱布包扎好，后来看看连头颈也发硬发直，面孔转青紫色，挺骇人。邵天香运用权力，毅然决定由公社出药费，给海龙吊盐水，但毫无效果。待那外科医生找回来诊断后，说肌肉阵发性痉挛，角弓反张，是典型的破伤风。然而，时间已晚，破伤风菌已感染全身。

海龙死了。

海龙之死可谓悲壮，下葬时，爬屋顶敲盆叫魂，十六人抬棺出丧，百多人戴孝哭灵，连一些腰圆膀粗的铁打小伙也不少掉了泪，着实隆重了一番。

但坟草未长，流言先起，说是早就讲雁来是克星，看，事实摆在眼前，还有啥不信。又传说谁收养雁来，谁就要倒霉，早晚也要克死。开始还只是私下里传着，后来渐渐公开化。自然，这些闲话都是冲着芦花来的，原因也是明摆着的——芦花收养了雁来这孤儿。

有句方言讲：大姑娘领养小子——不讨彩，更何况是所谓连克两命的克星。芦花的日子不好过，精神压力重重。

当初海龙一死，樊芦根就没了主意，孩子要吃要穿，要拉要睡，咋个侍弄法？想叫芦花帮忙，又不忍心带累了女儿，左右为难。孩子的哭声揪心呐。

自海龙死后，芦花就把领养小雁来之事看成是义不容辞的责任。她对老人说："爹，哥没了，雁来就由我来养吧。"老人听后，横竖不肯，颤抖着说："我老了，要克就克我吧。雁来他妈死了，海龙又死了，我不能再让你——"老人哽咽着说不下去。

芦花理解她爹的心思，但让他老人家自个儿带小雁来，芦花怎放心得下。要知道，小雁来才几个月呀。

她对老人说："雁来还小，万一有个三长两短，咋对得起哥与嫂子。咱家就雁来这一条根，怎说也要把他拉扯大。"

樊芦根老泪纵横，难以言语。

芦花照看小雁来倒并不是件困难的事，难堪的是背后的那些闲话，这些闲话自然也传到了芦花的男朋友邵山钟耳朵里。

邵山钟是那天抢割芦苇的现场指挥，对海龙的死，从内心来讲，也是很悲痛的，再加上与芦花的关系，更是悲恸至极。说句良心话，海龙的身后事，他邵山钟是出了大力的，但在芦花领养小雁来的问题上却表现出十二分的无情与决绝，一定不许芦花领养雁来。

芦花是两头放不下，横考虑，竖掂量，最后还是对山钟讲："哥的孩子，我不领谁领。山钟，这事你不要硬逼我。"山钟一听，火也来了，气也来了，粗声恶气地说道："好，你要听不进我的话，那咱俩的事就只好吹灯拔蜡。"

别人家小伙子唯恐找不到媳妇当和尚，他邵山钟却并非如此，最近刚荣升公社副书记，是一颗光彩熠熠的政治新星，凭政治条件、经济条件，在这一带确是掼得响的，要不是他看中芦花长得俊，别家的姑娘十个八个也找到了。

自从山钟与芦花闹崩后，说媒的快把山钟家的门槛踩烂。后来，由其妹妹天香做主，介绍了公社卫生院的一个医生。天香怕山钟反悔，索性速战速决，择了阴历十六的双日办了婚事，公社宣传队的唢呐、笙吹得寨里寨外都听得见。

唢呐声中，芦花扑在床上，哭得眼都发肿。不必讳言，她曾爱过山钟。她现在哭，一是哭自己初恋的感情送进坟墓；二是哭自己为什么早没看出他山钟竟是这种人；三是哭封建迷信竟然还这样有市场。

樊芦根看在眼里，痛在心里，短吁长叹，用手拍着自己的光脑门，连声说："芦花，爹对不起你，对不住你呀！"

虽然山钟已结婚，但他与芦花谈对象的事，满寨上下谁个不知。如今为了小雁来散了，有的说山钟缺德，也有的说山钟就是硬气；有同情芦花的，有佩服芦花的，也有为她可惜，说她做了傻事，等等不一。

从湖西寨这一带来看，只有娶不到婆娘的小伙，没有嫁不出去的姑娘。照理，像芦花这样出众的姑娘，说媒的门外排队也不稀罕。可自从她收养小雁来后，竟没有一个小伙子敢公开表示想与芦花好。有个叫湖旺的小伙，在田头与芦花拉了一回呱，回去竟被老娘训了个天昏地暗，还接连叨唠了好几天。

难堪莫过于被众人冷落、疏远。芦花本是个爱热闹、挺活泼的女孩子。现在好了，小姊妹们有意无意避着她，小伙子们对她敬而远之，她能不伤心？！她心烦意乱，苦闷极了。有几次，小雁来哭得凶，横抱不好，竖哄不成，她气得恨不得摔在坑上，从此不管。但孩子的哭声又打动了她，她不忍心不管呀。

她爹点点滴滴看在眼里，心里不是个味。一个多月的时间，人苍老了许多。精神折磨损人啊。

芦花的心事，成了老人的一块心病。

终于，老人决定带走雁来，但又怕芦花不同意，就趁芦花下地的时候，抱着雁来走了。他本想先进邻庄的一家亲戚家住一阵再说，可半路上想到会不会把克星带到亲戚家，他犹豫了，犹豫的结果是啥子亲戚也不去，他不愿连累别人，自家的苦果自家尝。

天已黑下来，他抱着雁来不知往哪好，真是难啊——正这时，芦花找来了。

芦花下地回家，发现爹与雁来不见，这一惊非同小可，一问，知是出了庄，连忙一路找寻而去，好不容易找到。父女俩都止不住地哭，谁也没说啥，心里都明白呀。

也许是路上受了凉，第二天雁来发起高烧，浑身火般烫，啥也不肯吃，只是不停地哭闹。挨到下午，眼看越来越厉害。芦花决定抱雁来去公社卫生院。偏老天不作美，雨下得这么大。小孩咋受得住？叫出诊实在没把握，樊芦根无论如何不肯让芦花去碰这鼻子，说："还是豁出我这张老脸，去碰一下。兴许看在我这把年纪上，肯发个慈悲，来个医生。"芦花想了也在理，就让他爹冒雨跑了趟公社卫生院。

哪知，邵天香把话说得死死的，不肯就是不肯，还说了一大套派不出人的冠冕堂皇的话。归路上，老人简直是绝望了，哪想到，碰上了宗汉周。

老人感激的心情难以用言语表达。

如果说宗汉周刚开始听到雁来他娘死于产后感染时，受到了很大的震动，那么，现在，当他了解了海龙之死与芦花的遭遇，他简直惊呆了——二十世纪七十年代，竟还有这等事！

宗汉周虽然不认识海龙，但此时，憨直的海龙仿佛就在眼前，仿佛在向他诉说那难以相信的惨事，仿佛在呼喊："医生啊医生，我们需要你！"

是的，海龙是死于缺医少药，死于愚昧落后。宗汉周的心久久震颤。

芦花，这不起眼的乡村姑娘，为了孩子，做出了如此牺牲，却遭到这样不公的对待，这使宗汉周愤愤不平。

生活啊，你为什么老是对正直、善良的人这样不公正呢？

说实在，宗汉周实在太疲乏，太想睡了，但老人压根儿不提睡字，他又不知该睡那儿，怎么开口呢？他哈欠连连。

老人似乎看出了他的心思，又给他斟满，说："再来一杯。难得碰上你这样菩萨心肠的好人，喝通宵，也该，也值。我老叔再敬你一杯。"

宗汉周曾听人说有的地方的人，用特有的食物招待客人，表示最高礼节。不吃就是看不起他们,他们会见气的,而吃得越多他们会越高兴——这就是风俗。想到此,宗汉周再一次举起了杯。

忽然,不知怎的,他想起了铺盖那淋湿了的被子。呀,先前光忙了给孩子弄药,现在又光顾了喝酒,把湿被子给忘了个一干二净,这咋办?今晚睡觉拿什么盖?一想到这,他急了,放下酒杯,就去看铺盖。

行李包还在,铺盖不见了。哪去了呢?

老人见他这般光景,问:"找铺盖?芦花正在治,别慌,一会就好。"

宗汉周初来乍到,对这儿带有地方色形的语言一时很难吃透。老人说的"正在治",究竟是指的啥,他茫茫然不知所云,自言自语地说:"嗨,都湿透了,今晚得打熬一夜了。"他似乎明白了老人为什么劝他喝酒,如不喝,这一夜干坐着咋受得了。他想,不睡就不睡吧,但总得把铺盖发开,晾一晾,走掉些湿气吧。若是明天不出太阳,一天干不了,又麻烦。

老人知道他在找铺盖,就对他说:"宗医生,你再喝一杯,我去看看芦花整治好了没有?"说着就朝厨房走去。宗汉周忍不住也跟了过去。

厨房在院内西侧的一间不大的泥屋里。

里面亮得很,是灶上的火光,原来是芦花止在灶前烤湿被子。被面被里都已烤干,棉花胎湿后死重,又大,一下子不肯干。芦花已烤了一段时间了,她心里也很急,怕耽误了宗汉周睡觉。她额上的汗在渗着，简直难以让人相信这是冬日的雨夜。

芦花见她爹与宗汉周一前一后进来，忙说："快了，快了，干了就套被。你们南方人爱干净，睡不来俺家的被，我懂。"

芦花说的是实在话，宗汉周脸一红，喃喃说道："这怎么好意思，让你忙累。"

宗汉周到这时才明白，老人拉他喝酒原来是为了让芦花为他烤干被子。

灶火映着芦花的脸，映得红红的。宗汉周这时似乎突然发觉芦花很美，一种健康的美，勤劳的美，或者说一种与城市姑娘不同的野性的美。宗汉周呆立在那儿看着，想着——这是颗多美的心灵啊！

剪不断，理还乱

宗汉周离开上海前，女友韩楚楚来送行。她买了两盒糕点、两袋麦乳精、一篓苹果，硬塞给宗汉周，说："你去的那地方肯定是苦地方，穷地方，要不然乾隆皇帝怎么会下'穷山恶水，泼妇刁民'的断语？！"

也许吧。宗汉周要去的地方——湖西寨——是三省交界处一个偏僻的村寨。

离开车还有两个小时，宗汉周与韩楚楚在候车室里时话短长，话长情更长。

韩楚楚插队在黑龙江，她根据自己的了解，向宗汉周提出了许多注意事项，譬如：千万不要睡老乡的床，有虱子！不得已住旅店的话，要自带枕巾、被横头，脱剩短裤头睡，衣服最好用绳子扎了，悬空吊着；尽可能不要在老乡家吃饭，没办法只能吃时，要用酒精棉把碗筷消毒（她特意拿来了一瓶酒精棉花塞在宗汉周包里）；买东西时，老乡漫天要价，你要落地还价；诸如此类，一条又一条。

当时，宗汉周用嗔怪的口吻说："看你，都把我当成三岁小孩。当地老乡总不见得个个是红眼睛绿眉毛吧。"但女友说这些，总是为自己好，心里不免有一丝甜津津。

韩楚楚的父亲是一位剧团的负责人。两家同住在上海的淮海别墅，说青梅竹马也未尝不可。但住别墅的邻里间与乡下邻里间的生活不同。两家都有保姆，平素放学后一般在家里玩，邻里间的孩子难得一起玩，不过，是紧邻，差不多还是天天见面的，慢慢地，接触越来越多。

后来，楚楚去黑龙江插队，宗汉周去送行，楚楚眼睛哭得又红又肿，一整天没吃东西，车站上，她只是咬着手帕，不说一句话。

去黑龙江不久，她给宗汉周来了信，两人就这样发展起了爱情。

宗汉周没去过黑龙江，但从楚楚那儿知道，黑龙江常年冰天雪地，一年四季土豆当菜当饭，窝窝头又黑又粗，干的活又重又累，反正难以想象。于是后来楚楚一年间大半年在上海，宗汉周也不去说她，反觉得同情她。

这次宗汉周分到湖西寨，临行前几天，韩楚楚一直在劝说宗汉周拖延一段时间再去，说："从此离开上海，现在多等一天也是好的。你去了那鬼地方，就会体会到上海是多么令人留恋。"

说心里话，宗汉周想过晚几天去。上海何尝不叫他牵挂、留恋。这里有他熟悉的母校，喧闹的马路，赖以栖身的家，和那受着磨难的双亲，以及美丽任性的楚楚。但他又想到，既然分配到了那儿，早晚得去，拖又能拖到何时？作为一个医科大学的毕业生，他只担心到那种乡村会无用武之地。

宗汉周到湖西寨后，先被打发到生产队劳动锻炼了半年多，后来因公社卫生院的贫宣队长邵天香的竭力要求，才算归口到卫生院。

春去秋来，转眼宗汉周来湖西寨已有一年。近年关时，楚楚来信，告知他一个大喜讯：她病退回沪成功！要求宗汉周速回沪，并在信末写了"听说微山湖的野味很有名，如果能搞到，带几只回来。我将用最醇的酒与吻来迎接你"。

宗汉周接信后，有一种复杂的心情，有高兴，有惆怅。病退？——她有什么病，为什么不对我说，这次去黑龙江才住一个多月，怎么就搞成了病退？

韩楚楚轻轻一笔，愁煞了宗汉周。这野味到哪去买呢？天上飞的，湖上歇的，倒是没少见过，但何处卖却没见过。也许，怪自己平日里对这些太不注意。他只得上集市去看，兜来兜去也不见有野味。正失望时，碰上了以前劳动锻炼那阵的老房东樊芦根。老人听了宗汉周的问，叹了口气说："这年头，十把猎枪九把生了锈，就是打了野味，有几个敢斗胆上集来卖钱。"

老人见宗汉周大失所望的样子，试探着问："怕是带回上海吧？"

"嗯，上海来信叫买的。"

真假爱情

"噢，该的，该的，几时动身？"老人关切地问。

"不下雪的话，一两天就走，就不知车子通不通？"宗汉周随口答道。

老人没再问什么，但在想着什么。

宗汉周要回上海，当然要向邵天香请假。邵天香说批了假也没用，下雪后车不通。宗汉周只好死心，想等雪化后再说。

谁知第二天中午时分，邵天香对宗汉周说有车了，但要马上走。

原来邵天香联系了一辆马车，以上县城拉药的名义，这可是过了这一店，没有那一站。宗汉周本想再去趟樊芦根家，但天香催着，只好匆匆收拾一下行装，连衣服也没换，就搭车去县城。

一路上，天香少有地高兴。她开了张单子给宗汉周，要求代买衬衫、裤子、香粉、花露水、人造革挎包、皮鞋、尼龙袜、围巾、尼龙手套、手帕等，简直把宗汉周当成了个跑单帮的。好在宗汉周是老实人，不会耍滑，也不会推托，他实实在在地说："能买到的我一定全买来，只是没那么多上海布票。"

"你先垫着，我弄到军用布票后就寄来。"

天香让宗汉周留下地址，宗汉周老老实实给天香写了自己在上海的通讯处。

北方的雪像干面粉似的，积了不大肯化，好个惨白的世界，田野是白的，树是白的，路是白的，房子也是白的，只有几只乌鸦是黑的，在雪地里怪醒目的，大概在觅食。宗汉周看到乌鸦又联想到野味，说不定楚楚以为我不肯带。楚楚怎么会想到野味？真是的！

老话说落雪不冷化雪冷，下雪后的天气是冷，更何况在这无遮无挡的公路上。那天香往宗汉周身边越靠越紧，宗汉周本能地让着，可马车上的天地只有这般大，他唯有正襟危坐，大有柳下惠坐怀不乱的样子。

"你在想啥？"

"野味。"宗汉周脱口说道。

天香一愣，随即高兴地叫了起来："我带来了！"说着，从黄书包里拿出一块包好的狗肉给宗汉周，说是送给宗汉周的。由于有樊哙卖狗肉的传说，所以这一带的狗肉闻名遐迩。

宗汉周收也不好，不收又不好，怪不好意思，怪为难的。

平心而论，自从到公社卫生院后，作为领导，邵天香对他不错。到了这年纪，对有些事终究是敏感的，说心里话，宗汉周对天香也没有什么特别的反感，但总觉得她是靠其哥邵山钟的裙带关系来卫生院的，业务上太无知，却又偏爱发号施令，虽然对自己很少这样。

邵天香毕竟是个女的，又是领导，所以说话办事常常要注意分寸，顾及身份，这使她很苦恼。今天，她特意联系了马车，赶车的又是外号叫龚聋子的。在这四野无人的公路上，说话可以随便点，邵天香想得挺好。

"汉周（她第一次用这称谓叫宗汉周），我还想叫你带样东西。"邵天香注意瞅着宗汉周的反应。

"带啥？只要能买到。"宗汉周避开她的目光，回答着。

真假爱情

"想买两只胸罩。大小嘛，你看着买就是了。听说这玩意儿能使女同志健美，是吧？"

天哪！这是什么话。宗汉周脸唰地红透。他甚懊悔乘这马车，不敢再搭腔。

县城里长途车也停了，说是第二天上午才通车，宗汉周只好在车站旅馆住一宿。

第二天一早，宗汉周就往车站跑，想早点买票早点走。车站门还没开，临街的买票窗口连人影也没有，他排第一。

"宗医生。"

宗汉周一惊，在这县城，自己一个人也不认识，谁叫？这声音好熟，不是樊芦根老人嘛？是的，正是他。刚才他缩成一团，靠在避风的墙角落，宗汉周没注意到他。

他怎么来了，莫非出了什么事？宗汉周一阵急。

老人喃喃地念叨着："还好还好，没误事，正赶上趟。"说着把三只野鸭子递给宗汉周。

好肥的野鸭子！

"哪来的？"宗汉周问。

"甭问了，你带走就是。"

"不讲清楚我不拿。"宗汉周固执地说。

"和芦花去湖边逮的。"老人轻描淡写地说了一句。

"逮的，冰天雪地，他父女俩是咋逮的？"宗汉周顿觉歉意万分。

那天，宗汉周问者无意，老人听者有心。待与宗汉周分手，他就盘算着给宗汉周解决这难题。

在这微山湖一带，以前摸猎枪的不少，但近两年来，由于众所周知的原因，日渐稀少。托人去打，是件困难的事。自己去吧，一来年纪已大，腿脚不便，眼花瞄不准，二来不精此道，又许久未摆弄这些家伙，没啥把握。不过老人相信求人不如求自己，最后决定亲自跑一趟湖边，不能叫宗汉周空手回上海呀。

老人把蒙灰的猎枪擦好，挎在肩，又放下，他怕扛枪出门，目标大，枪声一响，也容易让人发现。

用药毒，又怕内脏不能吃。既然诚心送人，又是要带上海的，下药毒死的总不好。思来想去，老人最后决定用机关逮——这是最困难的一法。芦花知道后，硬是要一起去，她不放心爹一个人黑天雪地待一夜。再说，宗汉周的事，她也想尽一份力。知恩报德，是她们恪守的一种道德信条，宗汉周曾抽自己的血，救活过她爹的命，这事一直挂在她心上哩。

雪虽早停，风却未歇。湖边的风似乎格外大，格外冷，像藏着小刀子。

樊芦根选好地点，做上机关，趴在雪地，熬了一宿，总算皇天不负有心人，好不容易逮住三只。芦花还想多逮几只，老人呢，一个心思怕宗汉周走了。

中饭时分，樊芦根赶到公社卫生院，一问，宗汉周刚走不久。这可急坏了老人，又没车，咋办泥？走！这11路最可靠，农村的跑路不怕。

百步无轻担。三只野鸭子十来斤，雪地里走好累人。还算运道好，半道上遇上辆马车，搭了一段。快到县城时，正好碰上天香她们的马车回来。老人问宗汉周在哪，天香一定要晓得找他干啥，不然不肯说。老人没法，只好说出是来送野鸭子。天香听后，明显不快，冷冷地说："搭我车回吧，你上县城也找不到他。"

老人不肯，他与龚聋子比画半天后，闹清了明天才有车，心里有了底，还是踏雪进了城。

县城虽不大，但要找个人还是不易，没个确切住处，到哪瞎找瞎摸？没法，樊芦根干脆在浴室住了下来，打算好天未亮时就去候在汽车站。

这步棋给他算着。看，不找到了吗。

这是份多厚的情，不收能成？宗汉周只怪自己多了一句话，害得老人辛劳奔忙了两夜。宗汉周极为感动，不知如何谢好。他很诚心地问："要捎啥东西？"

"不，哪能添你麻烦，你放心走吧。平平安安去，快快活活来，比啥都管。"

多好的老人。宗汉周眼睛有些湿润。

到了徐州，买好火车票后，宗汉周给楚楚拍了份电报。

夜车，够疲乏的。一路上，宗汉周昏昏沉沉，打着瞌睡，做着杂乱的、短暂的、意识流般的、连贯又不连贯的梦。

火车误点好几小时才进入上海站。

宗汉周拎着一只旅行包、一只网线袋，随着人流匆匆出站。一出站，他就在人群中寻找着。楚楚来了吗？电报不知收到没有？会不会等不着走了？哎，这该死的火车，误点这么久。

呶，看到了！她站在铁栅栏那边，穿着呢大衣，扎着两只香蕉辫，冻得红红的苹果脸。啊，楚楚，你一定等急了吧，原谅我，这能怪我吗？

看来，楚楚还没瞧见宗汉周。你看，她还在一个劲地望，从栅栏处往里探着身子，盯着出口处的人。

不知怎的童心萌发，宗汉周不声不响地走到离楚楚几步远的地方，放下包，侧身站着，看楚楚的反应。

出口处很快人稀了。楚楚显然有些急，她掏出电报纸又看了一眼，好像要证实本次车是否对头。

归心似箭，等人心焦，人皆如此。宗汉周忍不住，转过身，上前两步，快活地叫了声："楚楚，我在这儿呢。"

"哟，看你这人，怎么弄成这副模样，叫我都不敢认。"楚楚有点嗔怪地说着。

"是吗？像当地老乡，可能的，我的上海小姐。"宗汉周自嘲了一句。

走在上海的马路上，宗汉周也的确太扎眼、太寒碜了——头上一顶狗皮帽子（集上买的），脚上一双蚌壳棉鞋（芦花做的），一身黑纱卡的衣裤（这是他在当地做的，原先他穿的米黄两用衫和蓝的卡青年装在当地也太显眼）。现在这一身穿戴，宗汉周已习惯，倒并不觉得啥。但楚楚头一回瞧见，实在不顺眼。她嘀咕开了："看你才去一年多，就让老乡同化了，哪还像上海人，要是再待上几年，恐怕要彻头彻尾老乡化。"对楚楚的这些话，宗汉周这耳进，那耳出，全未放在心上。

早盼晚盼，饿着肚子等了老半天，接了个立在身边认不出的男朋友，楚楚心里挺不是个味。如果单个看，宗汉周这一身打扮倒也别有风味，但两人并肩走，却显得不相称，太惹人注目。楚楚果断地叫了辆小车。

车到淮海别墅后，楚楚对宗汉周说："你先不忙回家，先去浴室，把衣服里里外外换一下，把一年的老垢彻彻底底汰一汰，不要把老白虱带了来。"

宗汉周一冬没有洗澡，也确实难受，被楚楚这么一讲，立时觉得背上痒痒的，仿佛真有无数虱子在身上爬着。

好吧，去就去。换得干干净净再回家也好。反正替换衣服全在包里，拿了就可去。

"别忘了剃头！看你这马桶盖似的头发，难看死了。"

当地剃头的都是这样，先横着剃一圈，剃得上下黑白分明，再竖着往上剃，这样，脱帽后露出的尊容在上海市面上就未免不入眼，谓之马桶盖式虽不雅，但也算不得刻薄。

楚楚的母亲还在五七干校，父亲已回剧团，去外地演出，家中仅剩楚楚一个人。

别后重逢，有多少话要讲。晚上，俩人在楚楚家谈得很晚。

柔和的灯光下，楚楚穿着件雪青色的高领尼龙衫，丰满的胸脯绷得紧紧的，曲线分明，透着一种难以言状的诱惑感。啊，重逢后的楚楚竟如此楚楚动人！

楚楚今晚的情绪少有的好，她用得意而调皮的语气问宗汉周："我病退回沪，你妒忌吗？"

"没有。"宗汉周说的是真话。

"为我高兴吗？我的大医生。"楚楚扳着宗汉周的肩膀问。

"你说我会不高兴吗？"

"那为什么还不祝贺我？"楚楚有点激动，她依偎在宗汉周胸前，把头靠在他肩上。

一种少女特有的温馨的气息扑面而来，撩人的头发使他脸颊痒痒的。他看到楚楚的眼睛水汪汪的，像要滴出水来，这是种热烈的、期待的、陶醉的眼神，他是第一次看到，于是，他俯下了头。

吻长情更长，他们忘了时间。

如水的月华透进窗棂。

楚楚深情地说："多美的月夜。汉周，你不觉得上海的月夜令人流连吗？"

宗汉周没有回答，他在想着什么。

"会的，你会留恋这样的月夜，上海的月夜。"楚楚自信地说着。她关了壁灯。

上海的物质文明的确是没话说的。从小生活在上海的人，往往并不怎样觉得，但假如到外地去了一段时间，再回上海，那这种感觉就会非常明显。是的,上海是令人流连的,这儿与湖西寨简直难以类比。但不知为什么,宗汉周有一种异样的感觉。这儿——上海,如今维系他的,只是一个支离破碎的家和患难中结成的恋人。至于高耸的楼房、栉次的商店、喧闹的马路、熙攘的人流、五光十色的橱窗、令人销魂的外滩,多少有些陌生感。他已像个地道的外乡人,这一切似乎不属于他。看来,这并非仅仅是一种自我感觉。当有些邻居以及那些时髦女郎用陌生的眼光瞅着他时,他感到浑身不自在。宗汉周不愿意多去马路上,但买东西又不能不去。

二十多天的假期一晃就过。宗汉周在上海也没好好休息,尽忙着采办带回去的东西,南京路、淮海路、四川北路、静安寺轮着兜,单邵天香那张单子上的东西就够他跑几天。宗汉周对女同志穿的用的不在行,就叫楚楚陪了当参谋。楚楚看了那张单子,很不高兴,嘟哝着:"你这人,回来就这几天,自己的事还办不完,却揽这份麻烦事。老乡嘛,黑衣土布穿穿够意思了,扎啥台型。老实讲,泥土气面孔穿好料子,反弄得土不土,洋不洋。"

宗汉周有点不满地说:"你以前不是常说佛要金装,人要衣装;三分人相,七分衣装,现在怎么又这样说。"

楚楚一时语塞。两人默然无语,老大没趣。

楚楚恨不得到店里见了就买,买了就走。宗汉周还想挑挑,他总认为受人之托,事情总要办得良心上讲得过去。

楚楚甚不耐烦,几次语带讥刺:"你倒好,替乡下大姑娘买衣服这么来劲。你来上海,倒像是为这些人来出差的。"

宗汉周有口难辩，只好让她去说。

跑了两三天，总算把单子上的东西买齐，宗汉周一桩心事放下。

楚楚不愉快了几天的脸也总算有了点笑容，她提出要宗汉周陪她去苏州玩一趟。宗汉周很为难，假期已到，但又不想离开楚楚，他以商量的口吻问楚楚，是否愿意一起去湖西寨住一段时间，反正还没分配工作。如果去苏州一游，还得请事假呢。

楚楚觉得不能不讲了，就说："好像你对那边还挺有感情的，难道你不想调回上海？"

关于叫宗汉周想办法调回上海，是楚楚这次叫他回来的主要事情。她一直在盘算着如何有效地同宗汉周谈这问题。她不想让宗汉周长期待在那远离上海的穷乡僻壤。她相信，只要说动了宗汉周，如何调回来，办法总会有的。自己不就是通过自身的努力，如愿以偿了吗！虽然，代价是惨重了点。

这叫宗汉周如何回答好？人是最富有感情的，湖西寨虽远不如上海，落后，种种迷信；脏，种种不卫生习惯；穷，生活清苦；文化水准低，没有影剧院，没有音乐厅，没有文化宫。不过，上海也并非样样比那边好。是的，那儿的人粗野一点，民风粗俗一点，但当地人大都爽直，讲义气，重感情，淳朴之风蔚然。譬如庄上死一长者，合庄人会哭得呼天抢地，一家婚丧，家家出力相帮，可上海，有的同住一楼，多年相处不相识；还有，当地人即便自家没啥吃的，凡上门来讨饭的，总不叫空手而去。而上海，有些邻里间为尺寸之地吵得不可开交……这些且不说，在那儿生活了一年，总不免有些依恋之情，心地忠厚的芦根老人，侠义心肠、热心勤快的芦花姑娘，心直口快的麦嫂，这是些多好的湖西寨人啊，怎会没有一点感情呢？当然，是否一辈子生活在那儿，他还没认真想过。至于调回上海，不必讳言，想过的。但目前阶段，现实吗？不现实的事想它干啥，何必自寻烦恼。

他苦笑了一下说："调回上海，谈何容易？一个个都排上号，也轮不上我。"宗汉周说的是心里话。

"人是活的，总会想想办法，通通路子。"接着，楚楚讲起了在黑龙江的一些知青用各种怪招的事。这些闻所未闻的事使宗汉周感到触目惊心，他禁不住摇头叹息。

太可怕了。难道让我宗汉周也这样吗？不！绝对不能！我宗汉周做不出，也不能这样做。用人格、人的尊严去换取回沪，这对宗汉周来说是不可想象的。

既然说开了头，索性摊牌吧。

楚楚说："我已是你的人了。我现在唯一的要求是你调回上海。你什么时候调回来，我们什么时候结婚。"

宗汉周的眉心打了结。

楚楚看出他的为难，又说："办法我们一起想。高明的棋手，一步步棋都算好着走的。"

这就是以往记忆中天真烂漫的楚楚？这就是曾在门前台阶上哭得泪人儿般的楚楚？宗汉周突然觉得楚楚变了，变得老练、世故。

她是如何病退上来的？这个问题再次浮现在宗汉周脑际。几次想问,都没有问。但这会忍不住了,他终于把心中的疑问端了出来。

也许,真是不该他问的。楚楚像突然挨了一击,一下默然,脸上呈现一种难以言状的复杂表情。

"猪用嘴拱,鸡用嘴啄,鱼有鱼路,虾有虾路,各人各法,只要得法。我的不适合你的。"楚楚答非所问。不知是感慨系之,还是有意回避。

邮递员送来一封信,竟是天香来的!

宗医生:

您好!

冰天雪地送别后,很是担心。不知路上是否平安?怪想念的。希望你早点回来。如果家中有事,需要续假的话,只要来信对我讲一声,我保证同意。

寄上军用布票三丈,请查收。

买衣服等事托你了,只要你看中的,我一准满意。

握手!

天香

×月×日夜十一点

楚楚一看这署名,忙问:"这天香是谁?"一种女性特有的敏感使她生出了疑问。

"就是开单子叫买东西的人,贫宣队头头、卫生院负责人、公社副书记的妹妹。不是早告诉过你。"宗汉周对楚楚的这种警惕性感到好笑。

"几岁？结婚了没有？"楚楚追问着。

"二十六吧，一个老姑娘。"宗汉周心里坦荡，照直说着。

也许是由爱派生出的，楚楚觉得有点酸溜溜的。她像捏住了什么把柄，一个劲地盘问。宗汉周自觉身子站得直，心不虚，有问必答，毫不隐瞒，甚至雪地里马车上的点点滴滴也和盘托出。宗汉周的态度是这样明朗，平时他的为人，楚楚也是了解的，所以楚楚连枪夹刺地说了一通后，也就算了。

不知怎么一来，"灵感"突至，楚楚感到天香是个可利用的人物，她为这个发现很高兴。

她想：天香是汉周的顶头上司，其哥又是公社的"土皇帝"，属于实权铁腕人物。只要汉周与天香保持一种暧昧的关系，调回上海的事情就有了希望。下一步该怎么办？她盘算着。

宗汉周坚持不肯超假，这回，楚楚也不硬留他，只是叮嘱着要他向有关方面烧烧香，为以后铺铺路等。宗汉周不置可否，只觉得脑子在涨，在痛。

宗汉周感到芦根家这份情欠得太重。老人又不肯要他带东西，替他捎些啥呢？想了半天才想到带些白糖吧，在那儿白糖是个稀罕物，一斤白糖能换只老母鸡呢。

天香见宗汉周这么快就回来，大为高兴，当时就去里屋换了身新买来的衣服，让宗汉周看合身不合身。宗汉周哪有心思管这些，只心不在焉地"嗯、嗯、好、好"地应付着。但天香却在兴头上，比画着长短，细瞧着颜色，好像时髦衣服一穿，又回到了妙龄的黄金岁月。

宗汉周瞅个空，说："明天我请个假，后天正式上班，行吧？"

沉浸在兴奋之中的天香先是一愣，随即悟了过来，"去樊庄？"

宗汉周点点头。

"我劝你不要去，樊芦根正在挨批。"

"什么，挨批？！"宗汉周吃惊不小，要不是邵天香亲口对他这么说，他难以相信，"为什么批斗？才离开一个月不到，难道发生了什么大事？"宗汉周着急地问天香。天香随口答道："走资本主义自发道路呗。"

第二天一早，宗汉周带了十斤白糖以及其他一些东西，径直奔樊庄。

刚踏进樊庄，宗汉周就瞧见泥墙上歪歪斜斜写着一条标语"樊芦根走资本主义道路，绝没有好下场"！宗汉周猛觉得心往喉咙口一吊。他慌得三步并两步，直朝那熟悉的土屋走去。

二十多天不见，樊芦根像变了个人，没有血色的脸，失神的眼，皱纹更密更紧，像干旱中龟裂的稻田，毫无生气，看样子病得不轻。宗汉周的来到犹如一针强心针，老人强撑起虚弱的身体，坐了起来，伸出颤抖的手，示意宗汉周坐床边，喘着气说了句："这些人毒啊！"

从芦花的嘴里，宗汉周知道了事情的大概。

那次樊芦根从县城回来后，队长就寻他说："公社邵书记说你私打野味，到县城去贩卖，是走资本主义自发道路，要你深刻检查。"

这是血口喷人！樊芦根哪里肯承认，检查当然也不写。

邵山钟闻知后大动肝火，心想：我上任以来，还没有谁敢如此违抗命令。杀鸡给猴子看，非得借此树一树自己的威信不可。于是，亲自组织了几个民兵来樊庄，拿走了猎枪（说是没收资本主义自发势力的工具）。

芦根老人据理力争，说："这枪根本没打过，凭什么说是自发势力的工具？"

邵山钟毫不理会，反而振振有词："留着就是想走自发，这是物证！你到县城里贩卖野鸭子是赖不掉的，我有人证！"

像邵山钟这样的书记，就是个小小的"太上皇"，他的话，从某种意义上说，具有法律效用。就算无风起浪，他也足以置你困境甚至死地。更何况他讲了有人证物证，人们都为芦根老人捏一把汗。

准备豁出来的人是什么都不怕的，芦根老人索性全部抖出，说野鸭子是为宗汉周逮的，那天上县城是为了追去送他。

噢，原来如此？众人都松了口气。

这一来岂不让邵山钟难看，下不了台。邵山钟自认为失了面子，气不打一处来。他抓住芦根承认逮过野鸭子送宗汉周，厉声问："你拉拢腐蚀国家干部，安的什么心？告诉你，你想用糖衣炮弹进攻，我们坚决回击！"

嗨，这是哪码事呀，竟扯到了一起，挨得上吗？但权在他手里，争辩顶啥用。

樊芦根气得发抖，指着邵山钟骂他是奸臣。邵山钟暴怒之下，喝令民兵把老人绑了，在樊庄游斗一圈。

老人又气又恨，一口气难平，回到家就倒在炕上，再也起不来。那脸色好吓人，眼睁得大大的，好像在怒问："我到底犯了什么罪？违了什么法？天理何在，王法何在？"

芦花气得嘴唇咬出了血，她恨邵山钟如此心狠手辣。她泪水止不住，是心疼她爹呀。

她哪里知道，这事全是天香的主意。原来，天香对芦花父女俩对宗汉周这么好早就不舒服。在卫生院她能管天管地，但樊庄却管不着，也没法管，这次碰巧撞见芦根老人去县城给宗汉周送野鸭子，心里很不是个味，就在她哥山钟面前搬出了这件事。

邵山钟作为一个新提拔的领导，上任以来还没有多大建树，他早就想抓一二件事，烧烧三把火。樊芦根的事，他认为是撞到了他枪口上。

闹腾了半天，山钟自觉威风也摆足了，杀一儆百的把戏也做过了，就留下几条禁令，班师回朝。

老人毕竟是上了年纪的人，那晚逮野鸭子受了点风寒，加上游斗的折腾，心里又憋着股闷气，竟一病不起，日重一日。

宗汉周总觉得此事是自己引起的，好像一身罪孽都在他身上。于是，三天两日不时去看望老人，并开些药去，买些水果罐头、麦乳精等带去。但针药已无济于事，老人拖了一个多月，终于病危，处在弥留之际。

那天，宗汉周刚好休息，就来陪老人。傍晚时分，垂危的老人回光返照，竟坐了起来，紧拉着宗汉周的手不放，喃喃地说道："宗医生，你是好人，好人呐。芦花这孩子就拜托你了。芦花这姑娘心眼好，也勤快，就是脾气臭了点。你是有大学问的人，芦花她——"一口痰上来，老人咳个不停，他竭力再想说些啥，然而终于再没说出啥，就咽了气。

老人最后的话没出口，但宗汉周心里是明白的。

这如何是好？自己是有女朋友的呀！解释已太晚。老人临终前的嘱托，像千斤磐石压在宗汉周心上。

怎么办？怎么办？难呀！

芦花只是哭，也不说啥。

宗汉周决定请三天假，帮助芦花料理老人的丧事。但天香坚决不准假，说卫生院人手紧，忙不过来，说不能为私人的事误了医院的事。宗汉周最后恳求请一天假。

天香忍不住了，她压不住的火气一下迸出："你算她家什么人，要你这般上劲，不怕人笑话。他家现在只剩下个大姑娘，别人会咋想？"

"我有女朋友的。"宗汉周又气又急，答了这句没头没脑的话。

"谁？"天香一阵紧张。

"反正不是芦花。"宗汉周不想在这问题上多说。

天香略为宽心。

"今晚你与我值夜班，咱好好谈谈。"天香是领导，当然有权安排。

"那假你准不准？"宗汉周拿出了固执的脾气。

"人死如灯灭。发丧全是做给活人看的。你去做给谁看，做给芦花看？"天香不正面回答。在请假问题上，她不松口。

脾气犟，犟不过头头的权。宗汉周也不愿多求她，心想，值夜班就值夜班吧。到时我只管闷头看书，下夜班后再去樊庄。这样人虽疲劳点，但公私两不误。

就在这天下午，楚楚突然到了湖西寨，这使宗汉周颇感意外，因为她事先一点没提起过。

楚楚直截了当地告诉宗汉周，这次来，两件事：其一，找邵天香谈判，关于宗汉周调回上海事宜；其二，想在这儿人工流产。

"什么，有了？"五雷轰顶也不过如此。宗汉周怔得半天惊魂失色。太荒唐，太可怕了！宗汉周虽是医生，但对这方面并不精通。不过，就那个晚上，才一个多月，就，就——宗汉周不敢想下去。只怪自己不好，宗汉周恨不得用拳头狠狠捶几下自己。

楚楚决意先找天香谈谈，把自己想好的计划付诸实现。

天香把宗汉周上海带来的衣服、围巾、皮鞋、手套差不多全副武装起来了，又抹了香粉。这几天，她常在镜前梳妆着、欣赏着。是的，在湖西寨，她天香这身打扮大有鹤立鸡群、花中牡丹之势。天香很自信，论政治地位，她天香虽不能像哥山钟那样，一脚跺得地皮颤,却也在湖西寨排得上号;论经济地位,不必下地下湖,无须风吹日晒,工分照记;论相貌,虽非二八豆蔻,但镜中照照,也不弱哪个。正当她七想八想之际,楚楚来了,楚楚反客为主,先自我介绍,说自己是宗汉周的未婚妻,接着又说了通汉周承蒙您照应,很感激之类的话。她拎了一大包上海买来的东西,硬要天香收下。

天香像是挨一记闷棍,哭笑不得。应该承认,楚楚的战术对付天香是行之有效的。

天香到底做了几天干部,虽然打击不轻,但并没怯场,她强打起精神,表示在调回上海问题上能帮忙的尽量帮忙。

她心里如何想,楚楚不得而知,但她嘴上已说了要成人之美,够了,有了这个承诺就够了,只要一松口,下一步楚楚不愁。

宗汉周心里惦着樊芦根老人出丧的事,与楚楚商量是否一起去一趟。楚楚坚决不去,也不同意宗汉周去。她说:"你割掉与这儿的一切联系吧,快把我的事办妥。这鬼地方,我多待一天也待不下去。"

她认为自己为了汉周来这儿,与阿乡打交道,是做出了天大的牺牲。她猛烈地抨击这儿的一些不卫生现象,诸如阳光下有人脱袄捉虱,吃奶的孩子尿布只一块,上面放黄土,只换黄土不换布,满嘴鄙视。宗汉周见她这样,就说:"要是我调不回呢?"

"不,一定要调回!我是不想过牛郎织女的生活,外国人最不理解中国的事就是夫妻分居两地。"楚楚很坦率,态度很硬。

宗汉周陷入了沉思。他想起了樊芦根老人临终前的嘱托,要是我就这样走了，怎对得起九泉下的老人？宗汉周苦恼着。再说，这儿缺医少药，实在太需要医生。楚楚怕以后过牛郎织女生活，何不叫她也来这儿。在上海当待业青年，长吃父母也不像话。宗汉周试探着问楚楚。

谁知楚楚立时把脸拉下。她尖刻地讥讽宗汉周竟然迂腐到这种程度。自己付出了很大的代价，才好不容易从黑龙江调到了上海，可他却要叫自己住这儿来，她以绝对没有商量余地的口气说："我爱你这个人，但不爱这种鬼地方。难道我付出惨重的代价，是为了从一个鬼地方调到另一个鬼地方。亏你想得出。"

啊，这就是楚楚？！宗汉周又一次吃惊。眼前的楚楚似乎有些陌生。他呆呆地站着，想着，交织着痛苦，烦恼……仿佛五味瓶在心中打翻。

铁将军

一

支委会上，徐余提议抽许房双当门卫，代替退休的老张头。

完全出乎意料！与会者都一愣。不是说许房双有偷窃嫌疑吗？怎么反让他当门卫。大家闹不清厂长这是打的哪把算盘。

多数是反对，说来说去理由也无非是"偷窃嫌疑"。

说起这"偷窃嫌疑"，其实还是前几天的事。那晚上是老张头值夜班。老张头是等退休的老工人，工作是没话说的，就是眼睛有些不好使。那夜天快亮的时候，老张头去厂区巡视一圈，走到木工间附近，听到有响声，就断喝一声："谁？"随即拧亮手电筒，照了起来。在手电筒的光束里,一个人影快步而去。老张头急急赶去,已不见影踪,看看木工间门窗,铁锁仍是好端端的,不像被窃。然而他总放心不下,一早就汇报了厂长徐余。末了,他犹豫再三,鼓起勇气对厂长说:"这人背影挺熟,像是球磨车间的许房双,但不能肯定。"

这事因查无实据,那天厂里又未失窃什么,只能算是嫌疑。对外没有说过,但支委会几个人是知道的。

许房双是当地人,因为三线厂占了地,他才进这湖西水泥厂的。水泥厂筹建以来,发生过几次失窃,有几起是附近农民所为,为此有人对许房双这样的土地工总有些偏见,而对徐余的提议,认为有些不够慎重,也不妥。

徐余有个习惯,爱在上班前到厂里兜一兜,看一看,对厂里的东西虽谈不上了如指掌,却也知个大概。那天听了老张头的汇报后,他去木工间转悠了会,问了木工间的老师傅,没丢啥。后来他发现木料堆上好像多了几块板。他想起前不久木工间说过缺了木板。于是,他推测,可能是有人来还木板,但这推测是难以叫人信服的,不过,徐余是自信的。

让许房双当门卫,徐余有他自己的想法。现在的门卫,不是年纪大、手脚不便、眼花耳聋,就是身体有病,工伤、半休之类,甚至孕妇照顾等,好像门卫室是疗养室。不充实年轻的也不行。另外,安排当地人做门卫,也可减少些门口的矛盾。

徐余的想法得到了半数以上支委的同意,但也有人认为徐余这着棋是要反悔的。不过,许房双在工作上确是无可挑剔的。于是,这事终于定了下来。

二

当徐余通知许房双调做门卫时。许房双一迭声说:"不行,不行!"当个工人,只要出力干就是,当门卫就两样了。如果睁一眼,闭一眼,也挺松闲的。假如事事顶真,够烦人的。大门口的吵骂,他也没少看过。他想,我二十多的小伙子,有的是力气,配料、搅拌、装袋、搬运,哪道活不能干。做这门卫,与老头、病号泡在一起,别人不笑话,自己也觉得对不起自己这一身肌肉。再说,当了门卫,就得负门卫的责,万一三亲六眷想从厂里捞点好处,师傅、师兄要从厂里搞点外快,岂不要得罪一大帮人。自己笨嘴笨舌,说又说不来,讲又不会讲,碰上一吵一闹,咋处?他真弄不懂,厂长怎么挑中了自己。也许对我有什么……算了,多想多烦,不想它了。哎,有些事该怎么与厂长解释呢?

徐余像是看透了他的心思。和他谈起了心。厂长的话像早春的风吹拂着他的心扉,像一把火,烧得他浑身暖暖的。

回家的路上,他反复品着厂长的那几句话:"莫小看了门卫,俗话说铁将军把门,这门卫可是将军级呢。一夫当关,万夫莫开,才是好将军。厂里信得过你,这门卫的权就交给你了。"

三

　　信任，有着奇妙的魔力。许房双沉浸其中，感到了一种从未有过的舒心。

　　他从小死了爹，后来母亲改嫁，他成了"带犊子"，继父对他从来没有好脸色。自从有了弟弟后，他在继父眼中完全成了多余的人，继父动辄对他打骂。有次，继父回来，说是煎饼少了，硬说是他吃的，把他狠揍了一顿。他没偷吃过，不肯承认。但他越不认账，继父揍得越狠，还嚷着说："不是你这小杂种，还会有谁！"以后，家中每少了什么吃的，继父就拿他是问。他知道是弟弟所为，可说也无用，继父不相信。揍一顿，皮肉痛点倒算了，心灵上还受创伤，他眼泪往肚里咽。

　　前几年，队里"割尾巴"那阵，粮食紧张得家家喊急，他饿得眼冒金星。他弟弟挖了队里的地瓜，正好被他撞见，弟弟扔了一个给他，他也顾不得其他，搓搓泥就啃吃了下去。后来政治队长把这事当作阶级斗争新动向，在会上提出。当队长那种不信任的目光扫向他时，直吓得他胆战心惊，几个晚上都没睡着觉。不知为什么，他总觉得队里的人都在怀疑他，好长时间里怕见人。

　　信任对他来说是稀罕的事，或者说是从来没有过这缘。所以一旦突然降临，他的心热了，沸了。他下决心要当好这铁将军，把住大门，不辜负厂领导对他的信任。

四

第二天，他特地换了套还没舍得穿的新工作服，郑重其事地去门卫报到上班。

许房双因为发育阶段营养不良，个头不高，但常年干活，肌肉不弱于一般小伙子。他平时干得多，说得少。对他这个干活上劲的闷嘴葫芦，滑头点的同班工人就拿他当勤杂使唤，他也不恼，喊啥做啥。待他一当门卫，就招了个议论纷纷。有的说，亏领导想得出，叫当地农民工当门卫，以后厂里东西……哼！言下之意，尽在那一声"哼"中。有的说，许房双这样的实心眼人当门卫，以后有好戏看。还有的说，用当地农民工当门卫叫"以夷治夷"……总之，说啥的都有。

好在这些话，许房双都听不到。

走马上任，他许房双没有什么三把火好烧。他只是老老实实地坐在门卫室，眼睁得大大的，对进出厂门口的人一个也不放过，对进出厂门口的小板车、大卡车一辆辆仔细验看。

在早班快要下班的时候，有个女孩子拿着只铁条焊的脸盆架，大大方方地朝门口走去。许房双一看，是桑毛丫，与他跟一个师傅当学徒的，论起来还是师妹呢。平时在班里许房双对她总让三分。他对桑毛丫的大嗓门咋呼脾气，是有深刻印象的。

许房双见她拿东西出门，没交出门证，就喊住她。桑毛丫朝他笑笑，指指脸盆架，说："是师傅叫我带出来的。"

许房双一听，有些为难。师傅平素对他不错，不要说脸盆架，就是送个脸盆什么的也应该。但这是公家的，咋能行？头一天就坏了规矩，以后这门卫还当不当？心里有了谱，平时不善言谈的许房双仿佛得了什么灵感，话来了。他客客气气地对桑毛丫说："小桑，我们不能为了师傅而坏了厂规，师傅会原谅我们的。"

"你摆什么大架子，才当一天门卫，就像真的一样。你说说，哪个宿舍没脸盆架子，这一点点东西，你就不肯抬抬手过去，倒真有你的。你再狠三狠四，总不能驳了师傅的面子吧。"

许房双知道，桑毛丫一亮嗓，那有理没理的话会一大箩一大箩倒出来。他忙说："小桑，你也甭生气，师傅的脸盆架我包了，赶明儿我在家替他做一个送去。你就支持我一回，师傅那儿我打电话给他。"

小桑一听，气来了。"算了，算了。像你这号人真少见，我看你能顶真几天？"桑毛丫扔下脸盆架，气呼呼地走了。

许房双抹抹头上的汗，小心翼翼地给师傅打了个电话，想告诉师傅脸盆架做好了就送去，还没说完，师傅刚"嗯、嗯"两声，不知咋的突然电话就"咔嚓"一声挂断了。许房双心里随着"咯噔"一下。师傅啊师傅，你平日里啥事都做出好样子，这回是怎么啦。许房双寻思等下班找师傅聊一聊。师傅要骂就让骂一顿，总不会记恨我一辈子吧。

下早班后,许房双站在门口,注意地看着师傅,等人都走光了,还不见师傅人影。他招呼桑毛丫,桑毛丫像躲避什么似的,没理会他就快步走了。

凡事开头难,这话深刻。第一天上班就得罪了师傅与师妹,许房双心里一股说不出的味。但能自慰的是,他没辱没门卫这称号,实实在在履行了门卫的职责。

下班后,许房双去车间找师傅。原来师傅正协助检修的在抢修设备。看着满身油污、满头汗水的师傅,许房双想好的话都难出口了。

回去,回去把脸盆架做好了送来再说。许房双默默地出了车间。

五

星期一开始上夜班。许房双把自做的木头脸盆架拿了来,准备等师傅下班时给他带回宿舍。

门卫值夜班是个良心活,偷懒点的话一觉睡到天亮,自觉性高的就巡视几圈。许房双干活从来是出劲出汗,不会耍刁偷懒。再说又是自己当门卫的第一个夜班,更是抖擞精神。上班后就每隔半小时厂里跑一圈。要是其他门卫知道了,说不定会问他:你认定了今晚有人来偷东西?

夜班最难打熬的是四五点钟的时候。第一次上夜班的许房双更是上下眼皮打架,头重得连脖子好像都支不住,哈欠接二连三,赶也赶不走，全身软软的，说不出的难受。许房双怕自己一趴在桌上就睡过去，赶快在自来水龙头下冲了冲头，然后又去巡视。

夜风一吹，睡意驱了一半。他揉揉眼，抬头看，月儿被谁推进了云的棉被，两三颗寒星像遗弃在天边的烟蒂。破晓前的天黑得厉害，没上班前的厂区静得出奇。

突然，在机修车间那儿发出"哐啷"一声响。

有人！许房双立即奔过去，拧亮手电筒照去。没有见啥，没有动静，许是野狗野猫吧。但许房双总归放心不下，亮着手电筒，旮旮旯旯找着。

"是我，你手电筒乱晃个啥！"

这突如其来的一声，倒把许房双吓了个头皮发麻。

听声音就知道是继父，那口气好像在家里摆老子威风。

手电光下，地下一捆竹节钢。许房双又气又恨，不知说啥好。继父点了根烟，说："捡个便宜，拉一点回去，造房派用场，将来房子落成，也有你份。"

说得倒轻巧！拉一点回去，这又不是自家后院。许房双不能不响，但又不想大声嚷嚷，就说道："拿厂里的东西，是偷，这事做不得。你回去吧，权当我没见你，你也没来过。"许房双想私了拉倒，好歹总是自己的继父。

继父却并不买他账，眼一瞪，冷冷地说："才当几天大工人，就墙上拉屎——好高的眼，看不得你爹啦。哼，你自己腔下不干净，就别管旁人脏不脏。"

这话说得许房双懵了。继父这一榔头啥意思？他脑子里转不过弯。但不管继父说什么，这钢材一根也不能拿走。

许房双不情愿地叫了声"爹"，说："你讲啥也白搭，天快透亮，你再不走，就别怨我公事公办，不顾情面。"

继父听他这一讲，气得把烟蒂狠劲掐灭，咬着牙说："好，好，你有能耐，这会你玩得转，待会当心吃不了兜着走。"

许房双心里是坦然的，对继父的要挟并不往心上去。

六

徐余刚上班不久就接到个电话，对方自称是柳屯大队的治保干部，说发现本村的许房双偷了厂里的木材去倒卖高价，还加工成家具去贩卖。

徐余想问个清楚，对方已挂上电话。

怪事！这没头没脑的电话也没通报是谁打的就挂断，徐余觉得有点蹊跷。但对这电话，他还是重视的。如果属实，那让许房双当门卫就需重新考虑。徐余决心找许房双谈次话，摸摸底再说。

徐余一看表，八点缺五分，许房双该下班了，心想，夜班够辛苦的，下午再找他谈吧。没想到许房双倒自己找来了。

许房双拿着张发货单据，对徐余说："徐厂长，这单上写的是散装水泥，怎能发给成包的呢。"

徐余一愣，心里已是有数，随即说道："噢，我知道了，我来处理。你夜班先回去休息。下午我找你谈。"

偏许房双是个榆木疙瘩，不肯乘势落篷，反高声大气对徐余说："司机讲是你签字同意的。你去一趟，要不，司机要开跑车了。"

徐余一脸尴尬，说道："小许，你尽到责任了。这事交下班，具体我们厂部处理。"

厂长这么说，许房双还能说什么呢，他一边往回走，一边在想：看来司机说的话不像瞎讲讲的，八成是厂长在拉关系户。

可悲啊！

他仔细地回想着刚才大门口的事。

大约七点半的时候，一辆四吨的解放牌卡车拉着满满一车水泥朝门口开来。司机从驾驶室窗口递来一张发货单据。他一看写的是散装水泥，就直愣愣地说："你怎么不核对一下，错了，装了袋装水泥。"

司机不屑一顾，笑笑说："就是这袋装水泥，没错！你看看是哪家拉的，就有数了。"

单据上写着柳屯供销社，对此，许房双没悟出个道道来。

许房双把车叫停后，准备去叫厂长来。

司机显然火了，带着嘲弄的口吻说："你不懂规矩就充能当门卫。这事厂长签字的，你拎拎清。你管天管地，还能比厂长权大。"说罢，哈哈笑了起来。

许房双并不理会司机的揶揄，坚持不放行，说："你别用厂长的大牌子来吓唬我，我按规定办。货、单不相符，是不能出厂的。"

真假爱情

司机对许房双的一本正经一点不放在眼里，他把脚往方向盘上一搁，吐口烟圈说："没空听你的大道理，把你们厂长叫来。"

叫就叫。许房双不管下班时间已到，径直奔厂长办公室。

许房双再实心眼，司机的话与厂长的话一汇拢，心里也八九分明白。

算了，反正我已交班，厂长也叫我甭管，我何必揽一身骚，沾一手腥。但转而一想，不行！难道眼睁睁让国家经济受损失。我这当门卫的连这点关也把不住，今儿回去，能睡安稳觉？！

许房双欲走又停，欲停又走。

司机见他慢吞吞走来，不见厂长同来，就故意按响了喇叭，朝他挥挥手，准备发动车子，这一迭声的喇叭，像重锤击在他心上。他一震，仿佛感到了肩上的分量，连忙过去拦住车子，大声喊："不能开！我去叫厂长来！"

他转身又奔办公室。

正好，徐余来了。

也许，厂长也有不便明言的难处吧。许房双记不起谁讲过：人都有隐私，自己不也把继父的事隐了——这不好，应该汇报领导。想到此，许房双拉拉徐余，把继父夜来偷窃之事说了一遍，还把其弟偷厂里木头，他把木头悄悄放回原处一股脑儿倒了出来。许房双像卸了个大包袱，轻松了许多。

徐余听罢，明白了刚才那电话是怎么回事。也证实了他对老张头那晚所说之事的看法。

徐余点点头，面对着这样的青年，心里一阵自愧。但有些事怎么向工人讲呢？厂长有厂长的难啊。

许房双放下了心里的石头，已无顾忌，就直爽地问徐余："厂长，这供销社的水泥，为什么就……"

徐余下了决心，供销社的水泥按章程办事。他像是自语，像是回答许房双："厂里许多吃的用的主要靠柳屯供销社啊，这该死的关系户。刹，歪风要刹！"

许房双放心了。他到门卫室拿了自制的脸盆架，对徐余说："我给师傅送去。"

徐余忙喊住说："不必了。我已安排钳工组给集体宿舍赶做一批。你扣下的是桑毛丫的。你师傅根本不知道这回事。"

许房双放下了全部的心事，像将军打了胜仗，痛痛快快地走了。

望着他走远的身影，徐余从心里在说："真是个把门的铁将军啊！"如果所有的门卫都像他这样就好了。

闹新房

窗外，下着幸福的毛毛雨。

室内，新郎新娘的脸红得像透明酒杯里的红葡萄酒。

不大的新房里聚了一大群年轻人，新床上也坐足坐满，好在都是老熟人，彼此都不在乎。

新郎俞枕江的好友周慕白站起来很有风度地向大家鞠一躬，然后正一正嗓子说："诸位朋友，诸位来宾，我建议让新郎新娘履行必要的仪式，好不好？"

"好——！"

全票通过。

在一片热烈气氛中，周慕白故意一脸严肃，一本正经地学着电影《阿娜尔罕》里那位长者的样子，用一种深沉而缓慢的语调说道:"新郎俞枕江,你愿意娶新娘郑娅如吗?"

"愿意!"

新郎的回答干脆有力,博得一阵掌声,一阵笑声。

"新娘郑娅如,你愿意嫁给新郎俞枕江吗?"

郑娅如虽然口才不错,也经历过一些场面,但在这场合,还是连脖子也羞红了,低着头,揉着衣角,只是不响。

"嗳,不响问题就复杂了,这是不是意味着新娘不愿意,受骗上当了?"周慕白用一种戏谑的口气说着。

"谁说我不愿意?我们是自己认识自己谈的,哪像你 Wife(妻子)被你骗得团团转。"郑娅如被周慕白一激,脱口说了这些。

掌声、笑声,顿时迸出窗外,飞向夜空,溶进雨幕。

"好,为新娘的坦率和诚意合作干杯!"周慕白举着清茶,开心地叫着。

新娘知道,在这样的场合,周慕白最上劲,点子最多,不大肯就此收篷落帆的。她上前给周慕白倒满茶,并恭恭敬敬地说:"你辛苦了,我敬你一杯,希望你休息休息。"

郑娅如的用意是很明显的,周慕白却趁势说道:"我是无功受禄,惭愧惭愧。为报答新娘一片美意,我再主持最后一个节目。"

周慕白故作神秘地朝新郎新娘瞅个不停。

大家都猜不透周慕白葫芦里卖的是什么药,都催他快说。但周慕白一点不急,笃悠悠地说:"好戏不嫌晚。"

他把一只四喇叭收录机放到桌子上,说:"为了助助兴,我把鄙人三年前结婚时的录音放一放。"

俞枕江马上明白了周慕白的意图，连忙过去揿那只擦去录音的按钮，周慕白眼快手快，一下抢过录音机，故意做出悻悻的样子说："既然新郎不准放，那就看在十多年朋友的面上，让这秘密永远成为秘密吧。不过这是历史资料，要传子孙的，擦是万万不能擦去的。"说着慢吞吞地把录音磁带退了出来。

这胃口吊得是时候、是场合。

第一个不答应的是新娘，一种一探究竟的好奇心理使她忘了新娘的身份，她走过去，一把抢过周慕白手中的录音磁带，连连说道："不行，不行，拿来了就要放！"

"对，放！放！！放！！！"

大家闹嚷嚷的。

周慕白要的就是这效果。

他对新郎手一摊："抱歉了，众情难却，我不能不放。"

录音带有着"沙沙"的杂音，但听得出，气氛与今天一样热烈。兴致勃勃地逼着新郎新娘讲恋爱经过的，竟是俞枕江的声音。

大家相视而笑。

郑娅如看看俞枕江，只见他愣愣的，大概陷入了往事的回忆之中。

"注意！要害部分到了，请各位仔细听录音。"周慕白及时提醒大家。

"枕江，你今天不放过我。你等着，到你结婚时，我加倍报复，到时你新娘哭鼻子可别怨我。"是周慕白的声音。

"可以,完全可以。不过我说过好多遍了,我这辈子不结婚。"俞枕江的录音立即引起大家一阵哄笑。

"算了,我已听得起老茧,什么不结婚不结婚。满口饭好吃,满口话少说。到时候碰上哪位亲爱的,早把今天的话忘了一干二净。"

"我发誓,我说的是心里话。家庭是累赘,我看到不少人结婚后,陷入家务堆中,影响了事业。我一个人多自在,想看,看个通宵;想写,写个长夜。"俞枕江的理由似乎很充足。

"我不听你的发誓,你讲讲,如果你以后结婚怎么说?"周慕白一步不放松

"随你怎么说。"俞枕江口气很硬。

"好,那我开条件了,你不要反悔。"周慕白提高了嗓门。

"君子一言,驷马难追!"固执的俞枕江还是半步不让。

"听好,第一,大饭店请一顿;第二,这录音在你婚礼上放出,不得干扰;第三,当众解释为什么违背诺言而恋爱结婚。"

噢!精彩,精彩!年轻人的情绪一下吊到最高点,连有了妻室有了孩子的也颔首微笑,大有兴趣,甚至有人拍手跺脚叫好,一个个忘了年纪。

婚礼一下推向高潮。

叫的,笑的,拍手的,敲杯子的,声音响得隔了马路也能听到。

颇为尴尬的俞枕江此时无法可想,只得爽快地说道:"我认罚,饭店、时间你们定。"

真假爱情

"不要，不要，我们要你解释、解释！"

几乎异口同声，一屋子的人叫了起来。

俞枕江注视着新娘。

新娘不算太美，不是电视广告中常出现的那种长睫毛、长波浪、一笑一传神的时髦女子。她人长得较瘦小，但颇秀气，也很筋骨，好像有使不完的力气，大大的眼睛流露着孩子般的任性，有着一种女性特有的韧性。在俞枕江看来，新娘眼中那智慧的眼波根本不是其他女孩子所能比拟的。最重要的是他们眼神中所含的语言，只有他们俩彼此能读懂。这是基础，解释应从这里开始。

当然，按照俞枕江姑妈的意见，俞枕江应该找个家中落实政策的姑娘，将来请个保姆，事业、家务全解决。她东奔西忙，请来过好几位继承遗产的女孩，但丘比特的箭如射在老牛皮上，无声无息地滑落。中国的读书人历来对钱是忌讳的，而郎才女貌，古有老例。对，枕江一定喜欢演员般脸蛋、演员般柔情的姑娘。想到此，他姑妈又东托西觅，介绍来一个个姿色出众的姑娘，但每次精心安排的会面，枕江总冷得使人受不了，常常不欢而散。

她姑妈百思不解，枕江到底是真不想谈呢，还是要求高？

俞枕江的条件确实不坏，大学的年轻讲师，论文发了一篇又一篇；科技发明，好几家报刊争相介绍。这对女孩子是有一定吸引力的。主动向他表示爱情的姑娘也有，但他从未动过情。至于郑娅如，那完全是在不知不觉中闯入他生活的。郑娅如是他的助手，朝夕相处，工作把他们捏在了一起。

俞枕江真想吻一下妻子。他站起来，双肩一耸，说："任何解释都是解释不清楚爱情的。爱情，实在是奇妙的东西，它不像我搞的电子计算机软件，可编程序，也没有模式。你不知道它在什么地方向你进攻，也不知道有什么办法好抵御。有一天我突然发现我离不开娅如了，我这才猛然省悟到，当年的誓言写在了水面上，既廉价又荒唐。"

不过爱情归爱情，孩子恐怕是不能要。

俞枕江有他自己难言的隐衷。

他在家里是老二，上有姐姐，下有妹妹。父母对他寄予无限希望。他从小就只知读书读书，有了钱光会去买书买杂志，初二的时候就在报上发表过文章。成绩一向名列前茅。姐姐疼他这聪明的大脑袋弟弟；妹妹从心里佩服这常常得第一的哥哥。他的衣服、被子，甚至手帕，姐姐和妹妹都争着给他洗。

他上课讲电子计算机不用讲稿，但他却讲不清炒青菜该放盐，还是该放糖。

有一回他去姐姐家。他姐姐单位里有急事，打电话叫她去一趟，临走，她让枕江照看一下熟睡的外甥女。他姐姐走后不久，外甥女就醒了，又哭又闹。这下，枕江可傻了眼，横哄不行，竖骗不成，直闹得他汗湿衣衫。他想烧奶糕给外甥女吃，但不知怎么个烧法。他顾了这头，顾不了那头，奶糕没烧好，外甥女喉咙哭哑了，抱了外甥女，奶糕又烧煳了。正在束手无策时，幸好他姐姐及时赶回。

看着弟弟这副狼狈相，姐姐又痛心又担心地说："将来你自己有了孩子怎么办？"

他姐姐的担心并不是随口说说的，她最了解自己的弟弟。枕江不善料理自己的生活，又不愿在这方面花费时间，一门心思只知道自己的专业。毫无疑问，不是志同道合的女孩子是绝不会随便结合的。但假若两个都扑在事业上，这小家庭的生活成问题不说，一旦有了孩子，委实是件伤脑筋的事。

枕江见他姐姐为他担心，淡淡一笑，挺随便地说："我这辈子不结婚，不连累她人。"

这次结婚前，他姐姐又问及他将来孩子的问题，枕江指指外甥女说："以后叫她多来看看我就是了。"

枕江深深明白，自己的科研需要她的支持、合作，几乎须臾难离。但在处理家务上，出身高级知识分子家庭的娅如并不比自己高明多少。这还不是主要的，能精通两国外文、一夜赶写万把字文章的助教，哪有学不会烹调、裁剪、侍弄孩子呢，但俞枕江怎么能让妻子做出这种牺牲呢？不能，绝不能。娅如应该在事业上有所建树，而不应该把精力过多地花在家务事上。

慕白的妻子结婚前在业务上一点不比她丈夫差，但自从有了孩子，竟津津乐道孩子的头围、胸围、体重、身长，甚至孩子大便的颜色……以至于最近一次出国考试临时怯场。这些，给俞枕江的影响太深刻了。

俞枕江见大家在笑他，若有所思片刻后，说道："不能要，孩子真不能要！"

"又来了,又来了,你看看,看看这是什么?"周慕白指指录音机,磁带正欢快地转动着。

大家笑得更来劲。

俞枕江也不自然地笑了。

只新娘未笑。